verlegt durch Egmont Verlagsgesellschaften mbH,
Gertrudenstraße 30–36, 50667 Köln

Originaltitel: The Horse Listener
Text: © 2016 Linda Crammond
Dieses Werk wurde vermittelt durch
Margot Edwards Rights Consultancy, UK,
im Auftrag von Anne Clark Literary Agency, UK
Übersetzung aus dem Englischen: Naemi Schuhmacher
Umschlaggestaltung: Guter Punkt, München | www.guter-punkt.de
Umschlagillustration: © Guter Punkt
unter Verwendung eines Motivs von fotolia
Satz: Greiner & Reichel, Köln
Printed in the EU (675292)
ISBN 978-3-505-13892-8

Linda Crammond

Sundancer

Mit dir bis ans Ende der Welt

Aus dem Englischen von
Naemi Schuhmacher

Schneiderbuch
EGMONT

Das Pferd schloss halb die Augen, und sein Hals entspannte sich unter den ruhigen, stetigen Strichen der Bürste. Sein Fell zuckte genussvoll, während die Borsten Schweiß und Staub abstreiften, sodass nur ein gesunder Glanz zurückblieb. Der Striegel arbeitete sich zum Kopf vor und zeichnete vorsichtige Kreise rund um die Augen, um dann die empfindlichen Stellen unter den Ohren zu kneten. Schön. Sie wusste genau, wie sehr ihm das gefiel, und sie war immer sanft – selbst wenn sie kraftvoll vorging. Aber warum nahm sie ihn nie mit nach draußen? Er liebte die Spiele auf der Koppel, doch er vermisste die Weite: das ferne Licht über dem Moor, den leichten Geruch von Salz in der Luft und das Stampfen seiner Hufe in den Wellen.

Kapitel 1

Es war das zweitschlimmste Weihnachten, das Kiri je erlebt hatte. Sie wollte nicht an das schlimmste denken – das hätte sie zum Weinen gebracht. Aber über das bevorstehende Fest wollte sie sich auch keine Gedanken machen, sonst würde sie es nicht durchstehen. In der Morgendämmerung war sie auf der maroden Farm in den Romney Marshes aufgewacht und hatte unwillkürlich nach dem Strumpf gesucht, den ihre Mutter immer am Fußende ihres Betts aufgehängt hatte. Natürlich war er nicht da, und sie hatte das Gefühl, dass sich eine eisige Faust um ihr Herz schloss.

Beim Aufstehen stieß sie sich den Zeh an der Holztruhe. Der jähe Schmerz überlagerte das tiefere Leid angesichts des Verlusts ihrer Mutter – aber nur für ein paar Sekunden. Sie kletterte aufs Fensterbrett und blickte über das Moor, das ihre Mutter so gern gemalt hatte. Keine weiße Weihnacht dieses Jahr, kein Raureif, der das hohe Gras in Schwanenfedern verwandelte. Nur ein kalter grauer Himmel, passend zu ihrer Stimmung.

Sie zog sich ihr schmuddeligstes Sweatshirt und Stallhosen über und schlich die Treppe hinunter. Nicht, dass sie wirklich Gefahr gelaufen wäre, ihren Vater und seine Freundin zu wecken. Sie schliefen am Wochenende immer aus. Stephanie Eland war Londonerin und hatte jahrelang in New York gelebt. Sie ließ sich gerade von ihrem Ehemann, einem Amerikaner, scheiden, um dann zurück nach England zu ziehen. Aber nicht auf die Walland Farm, so hoffte zumindest Kiri. Aus der Hintertür trat sie nach draußen und rannte über die Wiese zu der baufälligen Scheune, in der die Pferdeboxen untergebracht waren. Als sie Sundancers ganz spezielles Wiehern hörte, wurde ihr zum ersten Mal an diesem Morgen warm ums Herz. Sie schnappte sich den Eimer mit Futter, den sie am Abend zuvor vorbereitet hatte, und schüttete den Inhalt in die Krippe.

»Fröhliche Weihnachten, Sunny!«, sagte sie zärtlich, während sie die letzten Futterpellets ausleerte und die Stirn des Pferdes mit den Lippen berührte.

Sundancer war ein schwarz-weißer Schecke. Die Farbe hatte er von einem portugiesischen Lusitano-Hengst und einer Vollblutstute geerbt. Eigentlich gehörte er Kiris älterem Bruder, aber sie kümmerte sich um ihn, denn Eddie verbrachte nach seinem Schulabschluss ein Jahr in Neuseeland bei entfernten Verwandten. Für so ein kraftvolles Pferd war Sunny ein erstaunlich anspruchsvoller Esser. Sie ließ ihn die Leckerbissen herauspicken, während sie ihrem alten grauen Pony Mouse einen anderen Eimer brachte.

»Ein Weihnachtsgeschenk!« Sie hielt ihm den Eimer unter die Nase und schlang die Arme um seinen Hals.

Mouse weckte bei ihr immer schöne Erinnerungen – am Strand entlanggaloppieren, querfeldein reiten oder einfach auf der Koppel herumalbern. Mouse hatte ihr alles, was sie über das Reiten wusste, beigebracht. Aber sie war zu groß für ihn geworden, und er war zu alt für Vermietungen an andere Familien. Also genoss er seinen wohlverdienten Ruhestand auf der Koppel. Gras und Heu durfte er fressen, aber Sunnys proteinreiche Kost gab es für ihn nur zu besonderen Anlässen. Das Pony schnaubte überrascht und schlang das Kraftfutter hinunter, als hätte es monatelang nichts gefressen. Mouse war Kiris ältester Freund und das einzige Wesen auf der

Welt, dem sie sich anvertraute, seit Eddie weggegangen war.

»Fröhliche Weihnachten!«, flüsterte sie ihm ins Ohr. »Am liebsten würde ich den ganzen Tag mit dir und Sunny verbringen.« Seufzend strich sie ihm über die Nase. »Schön wär's. Aber ich sitze drinnen fest und muss mich von meiner besten Seite zeigen, und das für *sie*.«

Kiri war sicher, dass die Freundin ihres Vaters das Haus nicht einmal verlassen würde, wenn die Sonne herauskam. Stephs einziges Zugeständnis an das Landleben war, dass sie auf ihre Fünfzehn-Zentimeter-Stilettos verzichtete und sich mit Zwölf-Zentimeter-Absätzen begnügte. Und niemals würde sie ihre neuesten Jimmy Choos mit echtem Gras in Berührung bringen.

Als Kiri das Futter und die Heunetze für den Abend vorbereitet hatte, ließ sie Sunny auf die Koppel und machte sich widerwillig auf den Weg zurück zum Haus. Doch als er mit den Hufen scharrte und wieherte, blieb sie stehen. Das klang nicht wie das Wiehern, mit dem er sie morgens begrüßte, sondern irgendwie schriller.

Du langweilst dich, dachte sie, genau wie ich. Sein zuckender Schweif forderte sie zu einem Spiel auf, und er trottete am Zaun entlang neben ihr her. Sie blinzelte angestrengt und überlegte. Eddie hatte ihr verboten, mit Sunny irgendetwas außerhalb der Koppel zu machen.

»Er ist zu stark für dich«, hatte Eddie gesagt. »Er geht durch, und ihr verletzt euch beide. Longieren auf der Koppel, das geht. Und mach mit der Bodenarbeit weiter, das wird das Beste sein. So bleibt er im Training.« Daran hatte sie sich bis jetzt auch gehalten. Aber es reichte nicht. Und Kiri vermisste es genauso wie Sunny, übers Moor zu reiten. Seit sie für Mouse zu groß geworden war, durfte sie nur dann und wann zur Belohnung reiten, wenn sie in den Reitställen in der Nachbarschaft aushalf.

Sie hatte gehofft, ihr Vater würde ihr noch ein Pony kaufen, aber er hatte nur gemeint, zwei Pferde auf der Walland Farm seien schon zwei zu viel. Nichts wünschte sie sich sehnlicher, als zu reiten, richtig zu reiten.

Sunny blähte die Nüstern, und sein warmer Atem kondensierte in der kalten Luft. Wie der Atem eines Drachen, dachte Kiri. Und Drachen müssen fliegen.

Ja! Beim Gedanken daran, mit Sunny am Strand entlangzugaloppieren, schoss ihr das Adrenalin in die Adern. Sie führte ihn zurück in seine Box in der Scheune, schloss den Anbau auf, der als Sattelkammer diente, und legte dem Pferd mit zitternden Händen Sattel und Zaumzeug an. Auch Sunny bebte vor Aufregung. Rasch, bevor sie es sich anders überlegen konnte, setzte sie den Reithelm auf und schwang sich in den Sattel. Sunnys Muskeln spannten sich an, als sie ihn auf den Reitweg Richtung Camber Sands lenkte. Ihre Beine hatten seine Flanken kaum berührt, da fiel er schon in einen kräftigen Trab. Es war, als schwebten sie über dem Boden. Kiris dunkles Haar peitschte nach hinten, und als Sundancer in einen kurzen Galopp verfiel, schrie sie aus purer Glückseligkeit auf. Noch nie war sie auf so einem kraftvollen Pferd geritten, und seine Stärke verführte dazu, schneller zu reiten – aber noch nicht jetzt.

»Sachte«, flüsterte sie ihm zu. »Warte, bis wir am Strand sind.«

Bald, viel zu bald, erreichten sie das Ende des Reitwegs, wo die Hauptstraße kreuzte, und Kiri nahm die Zügel auf. Sundancer reagierte nicht. Sie riss an den Zügeln, aber er hielt nicht an, wurde nicht einmal langsamer. Plötzlich stand Kiri das Bild vor Augen, wie ein Auto auf die Kreuzung zuraste, und sie konnte ein angsterfülltes Schluchzen kaum unterdrücken. Panik schnürte ihr die Kehle zu, aber sie rang um Beherrschung.

Pferde rochen Angst, und sollte Sunny ihre Furcht spüren, würde er nur noch schneller laufen. Sie atmete tief ein, warf ihren Oberkörper zurück und zog mehrmals hintereinander kräftig an den Zügeln. Endlich wurde Sundancer langsamer, aber es war zu spät. Sie schrie, als er auf die Fahrbahn rutschte. Die Hufe schlitterten über den Asphalt, aber das Glück war auf ihrer Seite – kein Auto war zu sehen, kein Aufprall von Metall auf Fleisch.

Sunny war fast in die Knie gegangen, weil Kiri bis auf seinen Hals hochgerutscht war. Nun richtete er sich mit einem Ruck wieder auf, der auch sie zurück in den Sattel beförderte. Einen Moment später flogen sie über die weichen Dünen, die den Strand säumten, und erreichten dann den glatten, festen Sand, der die Bucht wie eine Pferderennbahn umrahmte. Sunny stürmte sofort in vollem Galopp los. Einen Augenblick lang wollte Kiri gegen ihn ankämpfen, doch der Geschwindigkeitsrausch war ansteckend. Sie lehnte sich im Sattel nach vorn und ließ ihn gewähren, die Hufe trommelten auf den nassen Sand, und seine dichte Mähne flog ihr ins Gesicht. Sie reckte einen Arm in die Luft und stieß einen euphorischen Schrei aus. Ein einsamer Surfer erwiderte den Ruf. Einen Moment lang trafen sich ihre Blicke, und sie grinsten – zwei Verrückte, die an einem einsamen Weihnachtsmorgen ihrer Leidenschaft frönten.

So lang der Strand auch war, er kam zu einem Ende, und Kiri lenkte Sunny ins Meer, in der Hoffnung, das würde ihn bremsen. Das tat es nicht. Er sprang über die Wellen, als seien es Hindernisse, und sie musste ihn zurück an den Strand zerren, damit die unruhige See sie nicht nach unten zog. Endlich verlangsamte er in den Trab, dann in den Schritt. Sein Atem ging schwer, und seine Flanken hoben und senkten sich unter einer Schicht aus Schweiß und Salz. Das Hochgefühl, das Kiri noch einen Augenblick zuvor durchströmt hatte, war Schuldgefühlen gewichen. Eddie hatte recht: Kiri hatte sie beide in Gefahr gebracht. Sie konnte nur beten, dass es nicht Sunny war, der für ihren Leichtsinn bezahlen musste, mit einem Sehnenriss oder weil sein Herz die übermäßige Anstrengung nicht verkraftete.

Kapitel 2

Daheim plagte sich Kiri noch über eine Stunde damit, den Schaden wiedergutzumachen. Sunny hielt den Kopf gesenkt und zitterte von der Anstrengung des wilden Ritts, während der Schweiß auf seinem Fell trocknete. Zuerst tauchte Kiri einen Schwamm in warmes Wasser und wusch ihm die Kruste aus Sand und Salz vom Körper. Dann nahm sie ein Schweißmesser und zog ihm damit das Wasser aus dem Fell. Unter die Pferdedecke musste noch eine Schicht Stroh, damit das feuchte Fell trocknen konnte. Dann kamen die empfindlichen Beine an die Reihe – der wunde Punkt bei jedem Pferd. Voller Sorge tastete sie die Sehnen ab und wickelte die Beine vorsichtig in Bandagen. Es war noch zu früh, um ihn trinken zu lassen, also betupfte sie sein Maul mit dem Schwamm und gab ihm ein kleines Heunetz. Sie selbst zitterte mittlerweile nicht weniger als er. Aber sie wagte es nicht, ihn allein zu lassen und sich im Haus etwas zum Überziehen zu holen. Also band sie sich ein altes Handtuch um die Haare und wickelte sich in eine Pferdedecke von Mouse.

»Tut mir leid«, sagte sie zu Sunny. »So etwas werde ich nie, nie wieder zulassen.«

Zwei Stunden nachdem sie zu Hause angekommen waren, knabberte Sunny endlich am Heunetz, und Kiri atmete erleichtert auf. Er würde sich erholen. Sie gab ihm einen halben Eimer Wasser, drückte ihm einen Kuss auf die Nüstern und ging mit zittrigen Knien zurück ins Haus.

Als sie die Küchentür öffnete, musste sie ein Stöhnen unterdrücken. Der Geruch von Kamillentee verriet ihr, dass Steph auf war. Sie saß am Tisch, ihre eleganten, in Armani gekleideten Beine übereinandergeschlagen. Die graue Bluse betonte ihre karibische Bräune unter der blonden Haarpracht. Kiri hatte ihr perfekt ovales Gesicht noch nie ohne aufwendiges, makelloses Make-up gesehen, und auch heute machte Steph keine Ausnahme.

»Schätzchen«, trällerte Steph. »Fröhliche Weihnachten.« Die gerümpfte Nase verdarb leider alles. »Du riechst nach Stall.«

»Frohe Weihnachten«, murmelte Kiri, konnte aber den Gedanken nicht unterdrücken, dass Steph ein schönes Fest schon zu verhindern wüsste.

Schnell schlüpfte sie in die Waschküche, wo sie ihre Stallkleidung in die Waschmaschine stopfte. In Unterwäsche tapste sie die Treppe hinauf und bemerkte den Dampf, der aus dem Badezimmer wehte. Sie lechzte nach einem heißen Bad. Aber wenn Steph sich wieder einmal eine halbstündige Dusche gegönnt hatte, ging das nicht. Ihr alter Warmwasserboiler würde streiken, und sie müsste sich mit einer Katzenwäsche begnügen. Sie zog sich saubere Jeans und ein T-Shirt mit Pferdekopf und der Aufschrift »Vergiss den Traumprinzen, ich nehme das Pferd« über. Eddie hatte es ihr letztes Jahr geschenkt, und Kiri hoffte, Steph würde die Andeutung richtig verstehen.

Nach einem kurzen Besuch im Stall – Sunny knabberte immer noch am Heu – ging sie ins Wohnzimmer, wo ihr Vater vor dem Weihnachtsbaum stand. Er umarmte sie so fest, dass ihr die Luft wegblieb. Jim McFarlane war ein kleiner, aber kräftiger Mann mit graugrünen Augen und hellbraunem Haar. Eddie kam nach seinem

Vater, aber er ähnelte ihm nicht nur äußerlich: Er hatte auch den Ehrgeiz und die Tatkraft geerbt, die seinen Vater aus einem Liverpooler Armenviertel geholt und ihn zum Chef einer erfolgreichen Baufirma gemacht hatten.

Kiri hatte mehr Ähnlichkeit mit ihrer Mutter: groß, dunkel und schlank – oder in ihrem Fall dünn wie eine Bohnenstange. Schon vor langer Zeit hatte sie erkannt, dass sie zwar die großen braunen Augen ihrer Mutter geerbt hatte, nicht aber ihre verträumte Schönheit. Als sie den Weihnachtsbaum ansah und dabei an ihre Mutter dachte, liefen ihr Tränen übers Gesicht.

»Ich weiß, es ist hart«, tröstete ihr Vater sie. »Aber Mum würde wollen, dass wir uns an die guten Zeiten erinnern, nicht an die schlechten.«

Kiri nickte, aber es fiel ihr schwer, die schlechten Zeiten zu vergessen. Auf den Tag genau vor zwei Jahren war ihre Mutter dem Krebs erlegen. Nach ihrem Tod war ein schwarzes Loch zurückgeblieben, das einfach nicht kleiner werden wollte. Kiri liebte ihren Vater, aber er war oft unterwegs. Und seit auch noch Steph auf der Bildfläche erschienen war, konnte sie kaum noch offen mit ihm reden. Da summte sein Telefon und riss sie aus ihren Gedanken.

»Edward ruft an.« Das Gesicht ihres Vaters hellte sich auf. Die Prüfungsergebnisse ihres Bruders waren besser als erwartet ausgefallen, und nun konnte Eddie ab September in Brighton Betriebswirtschaft studieren. Ihr Vater hatte nie die Möglichkeit gehabt, auf die Universität zu gehen, und er war mehr als stolz, dass Edward das erste Mitglied der Familie mit akademischen Weihen sein würde.

Kiri wollte ihren Bruder auch unbedingt sprechen und einfach alles über die Arbeit auf der Hochlandfarm in Neuseeland erfahren.

»… dir auch … schön zu hören … hier geht's allen gut …«

Kiri riss ihrem Vater den Telefonhörer geradezu aus der Hand, und ihr Herz pochte vor Aufregung, als sie Eddies begeisterte Stimme hörte: »Es ist so cool hier. Die anderen sind richtig gut drauf, und wir treiben fünftausend Schafe mit Quads und einem Helikopter zusammen!«

»Ohne Pferde?«

»Pferde gibt es auch, aber keines ist so wie Sunny. Wie geht's ihm?«

»Gut.« Kiris Lippen zitterten. Auf keinen Fall sollte Eddie erfahren, dass sie ihn in Gefahr gebracht hatte. »Ich hab ihm Extrakarotten von dir gegeben.«

»Danke. Ich weiß, dass du dich super um ihn kümmerst.«

Von Schuldgefühlen überwältigt, gab Kiri den Telefonhörer an ihren Vater zurück und beschloss, von heute an ein besserer Mensch zu werden.

Vor dem Geschenkeauspacken hatte es Kiri am meisten gegraut, aber es lief überraschend gut. Steph ließ sich nicht anmerken, dass ihr das Parfüm nicht gefiel, das Kiri für sie ausgesucht hatte. Und als ihr Vater das gerahmte Foto von Eddie und Kiri beim Surfen in den Händen hielt, strahlte er übers ganze Gesicht. Die schwache Hoffnung, ein Pony zu bekommen, hatte Kiri schon aufgegeben. Aber dafür hatte ihr Vater sich etwas ganz Besonderes einfallen lassen: eine Minikamera mit einem gigantischen Zoom.

»Ich weiß doch, wie sehr du das Moor liebst«, sagte er. »Jetzt kannst du jeden Zentimeter davon festhalten.«

Kiri sprang auf und küsste ihn, bevor sie Stephs Geschenk in Angriff nahm. Ihre Stimmung verdüsterte sich, als sie die kunstvoll eingewickelte Box öffnete und sich durch Berge von knisterndem Seidenpapier wühlte. Hoffentlich war das kein Rüschenkleid! Sie würde lieber sterben, als so etwas anzuziehen.

Mit den Rüschen hatte sie recht – aber es war eine weiße Seidenbluse anstelle eines Kleides –, und so lächelte sie tapfer, als sie die Bluse zum Weihnachtsessen überzog.

Steph konnte genauso wenig kochen wie ihr Vater, und so mühte sich Kiri in der Küche ab. Der Truthahn geriet zwar etwas trocken, dafür waren die Röstkartoffeln und die Bratensoße perfekt – genau wie ihre Mutter es ihr beigebracht hatte.

Während Steph und ihr Vater es sich vor dem Fernseher gemütlich machten, schlüpfte Kiri aus dem Haus, um nach den Pferden zu sehen. Dass jetzt Schnee fiel, überraschte sie. Niemand hatte weiße Weihnachten vorhergesagt. Sie hinterließ grüne Fußspuren auf der dünnen Schneedecke, als sie über die Wiese lief.

Als sie die Scheunentür öffnete, wusste sie sofort, dass etwas ganz und gar nicht stimmte. Bewegungslos stand Sunny in seiner Box, den Kopf gesenkt, und der Schweiß tropfte ihm vom Hals. Er zitterte am ganzen Körper, und seine Augen glänzten vor Schmerz. Schuldgefühle versteinerten Kiris Herz – das hatte sie angerichtet. Rasch kniete sie sich hin und entfernte die Bandagen, dann tastete sie seine Sehnen noch einmal nach Verletzungen ab. Eine gerissene Sehne bedeutete Schmerz pur, aber seine Beine fühlten sich kräftig und gesund an.

»Wo tut es weh?«, flüsterte sie. Wenn Pferde doch nur sagen könnten, was ihnen fehlte.

Und das tat Sundancer tatsächlich. Er hob ein Hinterbein und trat sich gegen den Bauch. Eine Kolik! Bei diesem Gedanken verkrampfte sich auch Kiris Magen. Was bei einem Menschen mitunter nur heftige

Bauchschmerzen verursachte, konnte bei Pferden tödlich enden. Wenn ein Pferd sich vor Schmerz auf dem Boden wälzte, konnte sich der Darm verschlingen, und das war lebensgefährlich. Eine Operation war dann zwar möglich, aber oft starben die Pferde wenige Tage nach dem Eingriff.

Eddie hatte Kiri oft und eindringlich über die Gefahren einer Kolik aufgeklärt. Man brauchte rasche Schmerzlinderung und Medikamente, die die Krämpfe im Darm lösten. Er hätte gewusst, was zu tun war, aber er war fast zwanzigtausend Kilometer entfernt. Und auch wenn ihr Vater mit Notfällen auf der Baustelle umzugehen wusste – einmal hatte er einen Mann vor dem Verbluten gerettet –, von Tieren hatte er keine Ahnung. Kiri fühlte sich allein und hilflos. Am Weihnachtsabend, mitten im Moor, und es kam ein Schneesturm auf. Wie sollte sie Sunny nur retten?

Der Schmerz kam in Wellen, jede heftiger als die davor. Erst Krämpfe im Bauch. Dann eine so starke Kolik, dass es sich anfühlte, als würden seine Gedärme von innen nach außen gekehrt. Dann brannte es wie Feuer und ließ ihn schwitzen und zittern zugleich. Es war unerträglich. Hilflos trat er sich gegen den Bauch, aber nichts konnte die Qual beenden. Außer vielleicht sie.

Kapitel 3

Brr ... Brr ... Es läutete und läutete. Kiri stand mitten auf der Wiese, dem einzigen Ort in der Nähe der Scheune, wo sie Handyempfang hatte. Mit eiskalten Fingern umklammerte sie das Telefon so fest, als wollte sie es zerbrechen. Das Display war vom Schnee nass und verschwommen.

Bei der fieberhaften Suche nach Eddies Erste-Hilfe-Kasten hatte sie die Sattelkammer auf den Kopf gestellt. Er befand sich wie immer auf dem obersten Regalbrett – nur war sie zu panisch gewesen, um einen klaren Gedanken zu fassen. Als sie ihn endlich fand, schüttete sie den Inhalt auf den Tisch und wühlte sich durch Bandagen, Pflaster und Desinfektionsmittel, bis sie auf ein Päckchen stieß, das ein Pferdemedikament zu enthalten schien. Doch es war hoffnungslos – sie wusste weder, ob es die richtige Medizin war, noch wie viel sie davon verabreichen sollte. Und Sunny konnte einen Schock erleiden und sterben, wenn sie ihm das falsche Mittel oder die falsche Dosis gab. Sie musste mit einem Tierarzt sprechen, selbst wenn er es bei dem Schnee nicht zur Walland Farm schaffte.

Endlich hob jemand ab, aber es war nur eine Bandansage. »Unseren Notfalldienst erreichen Sie unter der Nummer ...« Die Stimme leierte eine Reihe von Zahlen herunter, und Kiri fluchte. Warum hatte sie nicht daran gedacht, einen Stift mitzunehmen? Sie rannte zurück zur Scheune, wo Sunny rastlos auf und ab ging und sich in den Bauch trat. Die Zeit lief ihr davon. Mit einem Kugelschreiber und einer Taschenlampe bewaffnet, rannte sie zurück auf die Wiese. Dieses Mal schaffte sie es, die Notfallnummer auf ihre Hand zu schreiben, aber als sie anrief, ging wieder nur der Anrufbeantworter dran: »Hinterlassen Sie Ihren Namen und Ihre Nummer zusammen mit einer knappen Fallbeschreibung. Ein Tierarzt wird Sie zurückrufen.«

Mittlerweile zitterte Kiri vor Kälte genauso wie vor Angst, und sie hörte, wie ihre Stimme bebte, als sie die Nachricht hinterließ. Verzweifelt wünschte sie sich, wieder im Stall bei Sunny zu sein, aber sie rührte sich nicht von der Stelle. Was, wenn der Tierarzt anrief und sie keinen Empfang hatte? Er würde wahrscheinlich einen Streich vermuten und es nicht noch einmal versuchen.

Der Schnee wirbelte um sie herum und vermischte sich mit den Tränen, die ihr jetzt über das Gesicht liefen. Nach einer gefühlten Ewigkeit klingelte ihr Handy, und Hoffnung keimte in ihr auf, als sie Mike Sweetings Stimme hörte. Er kümmerte sich um Mouse und Sunny, seit sie auf der Farm waren. Kiri hatte befürchtet, ein Tierarzt könnte Notdienst haben, der sie weder kannte noch wusste, wo die Farm lag.

»Es geht um Sunny. Er hat eine Kolik.« Ihre Stimme war schrill vor Angst. »Es geht ihm wirklich schlecht, und es ist meine Schuld, wenn er stirbt. Ich weiß, es ist Weihnachten, aber hier ist sonst keiner und …« Ihre klappernden Zähne und die stärker werdenden Schluchzer hinderten sie daran, weiterzusprechen.

»Beruhige dich, Kiri«, sagte Mike. »Gut, dass du mich angerufen hast. Zusammen werden wir alles tun, was wir können, um Sundancer zu helfen. Aber zuerst musst du mir seine Symptome beschreiben.«

Kiri war dankbar, dass Mike sie ernst nahm und sie nicht mit einem »Alles wird gut« abspeiste. Sie atmete tief ein und erzählte ihm, dass Sunny schwitzte, sich gegen den Bauch trat und glänzende Augen hatte. »Er hat wirklich schlimme Schmerzen.« In der kurzen Pause, die darauf folgte, überwältigte Kiri die Angst, Mike würde sagen, dass man nichts mehr für Sunny tun könne.

»Die Schmerzen können wir behandeln, aber wir haben ein Problem. Ich bin gerade noch auf dem Weg zu einem verletzten Tier. Also bin ich frühestens in zwei Stunden bei dir, wenn mich der Schneesturm nicht noch länger aufhält.«

Die aufkeimende Hoffnung verflüchtigte sich bei seinen Worten, und Verzweiflung packte Kiri. »Er stirbt vielleicht, noch bevor Sie hier sind.« Dann erinnerte sie sich an das Päckchen im Erste-Hilfe-Kasten. »Wir haben Schmerzmittel, glaube ich. Ich weiß, wir dürfen eigentlich keine verschreibungspflichtigen Medikamente hier haben, aber könnte ich es ihm nicht selbst geben?«

Erst nach einer langen Pause antwortete Mike. »Sag mir, was auf dem Etikett steht.«

»Ich kann nicht!« Ihre Stimme überschlug sich vor Ungeduld, als sie ihre verzwickte Lage mit dem Handyempfang und dem Stall erklärte. Sie fühlte sich, als wollte sie in einem Albtraum rennen, aber ihre Füße bewegten sich nicht.

Mike versprach ihr, zu warten, bis sie zurückrief. Sie rannte in die Sattelkammer, schnappte sich das Päckchen und drückte auf Wahlwiederholung, während sie zurück zu der zertrampelten Stelle auf der Wiese lief.

»Gut gemacht«, lobte er sie. »Jetzt lies vor, was auf dem Etikett steht.«

Kiri konnte das Wort nicht aussprechen, also buchstabierte sie es: »F i n a d y n e.«

»Perfekt. Das ist ein starkes Schmerzmittel. Es ist eine Paste, du verabreichst es ihm wie ein Entwurmungsmittel oder jedes andere Medikament. Kann dir jemand helfen?«

»Mein Vater ist da.«

»Du hast so oft gesehen, wie Eddie und ich das machen, du schaffst das schon. Aber denk daran, deine eigene Sicherheit geht vor. Wenn du das Gefühl hast, Sunny könnte dich treten, dann warte auf mich. Ich komme, so schnell ich kann.«

Er legte auf, und Kiri blieb allein im Schnee zurück. Mit pochendem Herzen ging sie zur Scheune. Sie hatte Eddie dabei beobachtet, wie er Entwurmungsmittel verabreichte. Er hatte die Paste in eine große Plastikspritze gefüllt und sie dem Pferd seitlich ins Maul geschoben. Der Trick dabei war, das Mittel auf den hinteren Teil der Zunge zu spritzen, sodass dem Tier nichts anderes übrig blieb, als zu schlucken. So weit die Theorie, aber sie hatte es selbst nie gemacht – nicht einmal bei Mouse. Ganz zu schweigen von einem großen Pferd, das vor Schmerzen um sich trat.

Kiri überlegte, ob sie ihren Vater holen sollte. Aber damit würde sie noch mehr wertvolle Zeit verlieren, und sie kannte sich mit Pferden besser aus als er. In der Scheune trat sich Sunny unablässig in den Bauch, und seine Augen flehten um Hilfe. Kiri war vor Angst wie gelähmt. Früher war Eddie immer da gewesen, um alle schwierigen, gefährlichen Aufgaben zu erledigen, aber jetzt war sie auf sich allein gestellt.

Du musst es tun, sagte sie sich. Du hast das Schlamassel angerichtet, dann hab wenigstens den Mut, es aus der Welt zu schaffen. Sie griff nach der Spritze und füllte das Schmerzmittel ein. Aber im Stall verschlimmerte sich die Lage. Sunny trat nun seitlich aus, und mit angehaltenem Atem flitzte sie vorbei an seinen fliegenden Hufen zu seinem Kopf.

»Vertrau mir, Sunny. Bitte.« Mit zitternden Händen schaffte sie es irgendwie, ihm das Halfter über die Ohren zu streifen und die Spritze seitlich in sein Maul zu schieben. Sie drückte auf den Kolben, doch als Sunny das Medikament auf der Zunge schmeckte, gefiel ihm das gar nicht. Während er die Paste hinunterwürgte, schüttelte er den Kopf so heftig, dass Kiri gegen die eiserne Futterraufe geschleudert wurde. Sie schrie vor Schmerz auf – aber wenn Sunny wieder gesund wurde, war das eine gebrochene Rippe wert.

Schwungvoll riss er den Kopf herum und biss sich in die Flanke. Und dann passierte es. Seine Vorderbeine knickten ein, Sunny sank zu Boden und wälzte sich. Um den Schmerzen zu entkommen, krümmte er sich, und die mit Eisen beschlagenen Hufe sausten durch die Luft.

Sie musste ihn aufhalten, aber immer wenn Kiri versuchte, nach seinem Halfter zu greifen, trat er um sich. Seine Hufe verfehlten ihren Kopf nur um Millimeter.

»Sunny!«, schrie sie, und für einen Augenblick hielt er still – gerade lang genug, um das Halfter zu packen und seinen Kopf nach oben zu ziehen. »Steh auf! Bitte!« Er blickte ihr in die Augen und erhob sich schwerfällig. Sie streichelte ihm die Stirn und versuchte, ihm gut zuzureden, bis das Schmerzmittel wirkte. Es spielte keine Rolle, was sie sagte – der Tonfall zählte. Also plapperte sie einfach drauflos: »Mum hat immer Witze darüber gemacht, dass Eddie und ich im Krankenhaus vertauscht worden wären, weil wir so für Pferde schwärmen. Keiner sonst in der Familie konnte einen Vordermittelfuß von einem Fesselkopf unterscheiden, aber wir haben uns nur für Pferde interessiert. Dann kamen Mouse und du auf die Walland Farm, und alles war perfekt, bis …«

Kiri biss sich auf die Lippe. Wenn sie jetzt an die Zeit dachte, in der ihre Mutter krank geworden war, würde ihre Stimme brechen. Und das würde Sunny erschrecken. Jetzt, wo er sich langsam zu beruhigen schien. Sie begann die Sekunden zu zählen. Dann die Minuten. Zehn Minuten, seit er sich zuletzt in die Flanke gebissen hatte. Fünfzehn Minuten seit dem letzten Tritt. Er rollte nicht mehr mit den Augen und sah endlich wieder aus wie der Freund, den sie kannte, und nicht wie ein Tier, das vor Schmerzen verrückt wurde. Vor Erleichterung fühlte sich Kiri ganz schwach, und sie sank im Stroh auf die Knie.

Die Augen fielen ihr zu, und erst als sie Mikes Jeep hörte, der mit heulendem Motor durch das Tor fuhr, kam sie wieder zu sich. Der Wagen hielt auf der Wiese, und sie rannte nach draußen. Als sie Mikes ermutigendes Lächeln sah, wurde ihr gleich leichter ums Herz.

»Das Schmerzmittel hat ihn beruhigt«, erklärte sie. »Aber kann die Kolik zurückkommen?«

Mit fachmännischer Hand tastete Mike Sundancers Flanke ab und holte dann das Stethoskop heraus. »Es wäre mir eine große Hilfe, wenn ich die Ursache wüsste«, meinte er. »Gab es einen plötzlichen Futterwechsel oder Veränderungen im Training?«

Kiri erstarrte. Sie konnte ihm einfach nicht erzählen, was sie getan hatte. Er würde sie für immer hassen. Das »Nein« lag ihr schon auf der Zunge, als ihr ein Rat ihrer Mutter einfiel.

»Jeder lügt von Zeit zu Zeit«, hatte sie gesagt. »Lügen, die jemanden schützen sollen, sind so schlecht nicht. Aber zwei Menschen solltest du niemals anlügen – deine beste Freundin und deinen Arzt.« Ein Tierarzt war ja auch eine Art Arzt, und plötzlich wusste Kiri, dass sie Mike die Wahrheit sagen musste.

»Es war meine Schuld«, sagte sie leise. »Ich bin mit ihm zum Strand geritten, und wir sind kilometerweit galoppiert. Als wir wieder zurückkamen, war er in einem schrecklichen Zustand.«

»Was hast du ihm zu fressen gegeben?«

»Nur etwas Heu. Wasser habe ich ihm erst viel später gegeben.«

Mike untersuchte seinen Patienten weiter, während er sprach. »Ich bin mir ziemlich sicher, dass euer Ritt die Kolik ausgelöst hat, aber du hast dich richtig verhalten, als ihr zurück wart.«

»Sie erzählen es nicht Eddie und meinem Vater?«

»Das müssen sie nicht wissen. Du hast deine Lektion auf die harte Tour gelernt. Und du warst mutig genug, Sunny das Schmerzmittel selbst zu verabreichen – das hat ihm das Leben gerettet.«

Vor Erleichterung wurde Kiri ganz schwindlig. Sunny hatte überlebt, und Mike sprach noch mit ihr. Trotz allem, was sie angerichtet hatte.

Er gab Sunny noch eine Spritze, die weiteren Krämpfen vorbeugen sollte, und packte sein Stethoskop ein. »Es sollte ihm jetzt wieder gut gehen.« Zum Abschied gab ihr Mike einen Klaps auf die Schulter. »Ruf mich an, wenn du dir Sorgen machst, aber das dürfte nicht nötig sein. Morgen ist er wieder ganz der Alte.«

Kiri legte die Arme um Sunnys Hals. Schon immer hatte sie ihn geliebt. Aber jetzt, wo sie ihn in solche Gefahr gebracht und dann wieder gerettet hatte, schien das Band zwischen ihnen unzertrennlich. Er sollte sich nun ausruhen, und sie lief durch den frischen Schnee zurück zum Haus.

Das war die längste Nacht ihres Lebens gewesen, und es erschien ihr seltsam, dass ihr Vater und Steph nichts von dem Drama mitbekommen hatten. Ihrem Vater würde sie von dem Tierarztbesuch erzählen müssen, denn bald würde eine gesalzene Rechnung mit

Feiertagszuschlag ins Haus flattern. Aber ihren wilden Ritt am Strand würde sie nicht erwähnen. Ihr Vater verlangte viel von seinen Kindern, und jetzt, wo weder Eddie noch ihre Mutter ihr den Rücken stärken konnten, schüchterte er sie manchmal regelrecht ein.

Sie ging in die Küche, um sich ein Glas Saft einzuschenken, da entdeckte sie eine Mappe mit der Aufschrift *Renovierung der Walland Farm für Ms. Stephanie Eland.* Zu müde, um weiter nachzuforschen, schleppte sie sich die Treppe zu ihrem Zimmer hoch. Aber als sie langsam in den Schlaf glitt, fragte sie sich, was hier renoviert werden sollte und warum.

Kapitel 4

Als Kiri erwachte, schwand die Schneedecke, die in der vorigen Nacht noch alles bedeckt hatte, schon im Nieselregen. Sie ging als Erstes in den Stall, wo Sunny Heu fraß und wiehernd nach seinem Frühstück verlangte, als wäre nichts passiert. Es fühlte sich seltsam an – als wäre alles nur ein schlimmer Traum gewesen. Aber die leere Packung Schmerzmittel und das Stechen in Kiris Rippen waren der Beweis für das lebensbedrohliche Drama. Sie gab Sunny das leichtverdauliche Futter, das Mike ihm verschrieben hatte, und trieb ihn mit Mouse auf die Koppel. Das Pony sah sie vorwurfsvoll an. Das Weihnachtsessen hatte ihm wohl eine Ahnung davon gegeben, wie schön das Leben sein könnte.

Im Haus stellte Kiri überrascht fest, dass scheinbar noch niemand aufgestanden war. Noch mehr erstaunte es sie, als sie bemerkte, dass das Auto ihres Vaters nicht am gewohnten Platz vor der Eingangstür stand. Er und Steph waren doch sicher nicht am zweiten Weihnachtsfeiertag weggegangen, ohne ihr etwas zu sagen. Vielleicht machten sie nur eine kleine Spazierfahrt, um das Moor zu bewundern, bevor der Schnee schmolz.

In der Küche machte sich Kiri Frühstück aus Früchten und Joghurt, dann öffnete sie die Mappe über die Renovierung der Farm und verteilte den Inhalt auf dem Tisch. Da waren Skizzen von Innenraumgestaltungen und Grundrisse, die sie erst nach einigen Minuten erkannte. Als ihr die Wahrheit dämmerte, war sie baff. Steph plante offensichtlich, Kiris heiß geliebtes, wenn auch marodes Heim zu übernehmen. Es gab eine Computergrafik einer Küche, ganz aus rostfreiem Stahl und Granit. Eine Küche, die jemand wie Steph, die Kochen hasste, nur brauchte, um damit anzugeben. Und noch schlimmer: Auf dem Grundriss war zu sehen, dass aus dem ursprünglichen Esszimmer, das ihre Mutter als Atelier genutzt hatte und das seit ihrem Tod unberührt war, ein Büro werden sollte.

Kiri wurde übel. Sie liebte die Walland Farm über alles. Das Zuhause, das ihre Mutter geschaffen hatte, beherbergte ein Sammelsurium von Dingen, zusammengesucht aus Antiquitätenläden, von Flohmärkten und vom Strand. Es war unordentlich und unmodern, aber es gehörte ganz und gar ihnen. Und nun wollte Steph es zerstören. Genau in diesem Moment hörte sie Schritte auf der Treppe, und Steph betrat die Küche.

»Was fällt dir ein?«, rief Kiri und wedelte mit den Skizzen in der Luft. »Das ist unser Haus, und du hast kein Recht, hier hereinzustolzieren und alles an dich zu reißen.«

»Ich reiße nichts an mich. Dein Vater meint, das Haus sei renovierungsbedürftig, und ich habe ein paar Freunde nach Ideen gefragt.«

»Ich hasse sie!« Zornig sprang Kiri auf und riss die Pläne mittendurch. »Du willst Mums Küche und ihr Atelier zerstören.« Tränen der Wut liefen ihr über die Wangen, und sie warf Steph die Papierfetzen ins Gesicht, als sie aus der Küche stürmte.

Sie floh in ihr Geheimversteck – die oberste Ebene in der Scheune, wo das Heu gelagert wurde. Die Heuballen waren der perfekte Zufluchtsort, sie schirmten sie von der Welt ab und hüllten sie in den süßen und tröstenden Duft von getrocknetem Gras.

Irgendwann waren die Tränen versiegt, aber der

Gedanke daran, was aus der Walland Farm werden sollte, war wie ein Sturm, der über das Moor auf Kiri zurollte. Was sollte mit den Bildern ihrer Mutter passieren, wenn es das Atelier nicht mehr gab? Als Malerin war Sylvia Dering nie gut darin gewesen, ihre Arbeit loszulassen. Ein paar Aquarelle hatte sie Freunden geschenkt, aber sie hatte sich nie dazu durchringen können, die Bilder in einer Galerie zum Kauf anzubieten. Und so lagerten Dutzende Leinwände hinten im Atelier. Kiri mochte die Ölbilder am liebsten, denn sie fingen das goldene Licht über dem Moor ein. Oft hatte sie um ein Bild von Mouse oder Sunny gebeten, aber ihre Mutter hatte immer den Kopf geschüttelt.

»Porträts von Tieren und Menschen sind nicht mein Ding«, hatte sie erklärt. »Leider male ich nur Landschaften und Seestücke.« Aber ein Jahr vor ihrem Tod malte sie für Kiri ein Bild, auf dem sich wilde Brandung an der Küste als weiße Gischt brach. »Häng es in dein Zimmer, und dann stell dir weiße Pferde in den Wellen vor.«

Das Geräusch des ankommenden Autos ihres Vaters riss Kiri aus ihren Gedanken.

Zurück im Haus, erwartete sie, dass Steph sich über ihr Benehmen beklagen würde. Aber die zerrissenen Pläne waren weggeräumt, und Steph verlor kein Wort über das, was vorgefallen war.

»War Harding zu Hause?«, fragte Steph ihren Vater.

»Nein. Er ist die Woche über in Liverpool, also muss ich heute Abend auch hochfahren und so schnell wie möglich ein Treffen arrangieren.« Er runzelte die Stirn und rieb sich die Augenbrauen – das tat er immer, wenn er besorgt war. »Du bleibst doch solange bei Kiri?«

Kiri öffnete den Mund, um zu protestieren. Von Steph erwartete sie das Gleiche, aber sie lag falsch.

»Natürlich bleibe ich. Wir kommen schon zurecht.«

Kiri folgte ihrem Vater nach oben in sein Büro und sah zu, wie er Blätter mit Zahlenkolonnen ausdruckte.

»Warum fährst du weg?«, fragte sie. Ihr Vater nahm sich die Zeit zwischen Weihnachten und Neujahr immer frei. Und er hatte Steph über die Feiertage eingeladen. Also musste es einen ernsten Grund für seine Abreise geben.

»Ich habe ein Problem mit der Finanzierung für eines meiner Bauprojekte. In ein paar Tagen bin ich wieder da.«

Ein paar Tage! Beim Gedanken daran, so viel Zeit allein mit Steph zu verbringen, stöhnte Kiri innerlich auf. Aber Protest und Jammern würden auch nichts nützen, das wusste sie. Eine Stunde später winkten sie und Steph ihm zum Abschied nach.

Kiri fühlte sich unbehaglich, als sie zusammen ins Haus gingen. Sie wusste, dass sie Steph um Verzeihung bitten sollte, weil sie ihr das Papier ins Gesicht geschleudert hatte, aber sie war immer noch wütend über die Umbaupläne. Zu ihrer Überraschung war es Steph, die sich zuerst entschuldigte.

»Es tut mir leid, dass du die Pläne gefunden hast, bevor ich Zeit hatte, es dir zu erklären. Es sind nur Vorschläge. Das Einzige, was wirklich gerichtet werden muss, ist die Warmwasseranlage.«

Noch während sie sprach, ächzte der Boiler so laut, dass die Leitungen den Widerhall durch das ganze Haus trugen. Und sie mussten beide lachen.

»Mir tut es leid, dass ich dir das Zeug ins Gesicht geworfen habe«, nuschelte Kiri schnell, aber es blieb ein bitterer Nachgeschmack zurück.

Am nächsten Morgen wanderte Kiri durch den Garten und betrachtete das Farmhaus mit seinen

Backsteinmauern, dem Schleppdach und dem Rundfenster neben der Eingangstür. Schon ihre Mutter war hier aufgewachsen, und Kiri wollte nicht, dass etwas verändert wurde: nicht einmal der abgeblätterte blaue Lack an den Fensterrahmen und Türen.

Um sich von den Sorgen um das Haus abzulenken, vertiefte sie sich in ihre Bücher über Pferdedressur. Sie hatte schon das Handbuch ihres Bruders über portugiesische Dressur gelesen, das er benutzt hatte, um Sunny Tricks wie die klassische »Levade« beizubringen. Bei dieser Übung stieg das Pferd, wenn es mit der Dressurgerte an der Brust berührt wurde. Kiri hatte das sogar noch weitergeführt, und Sunny stieg jetzt schon beim Geräusch ihres Klickers, eines kleinen Metallgeräts, das eigentlich beim Hundetraining eingesetzt wurde. Aber noch nie richtig ausprobiert hatte sie das »Pferdeflüstern«, bei dem nur mit Gesten und Körpersprache mit dem Tier kommuniziert wurde. Als ihr Bruder ihr ein Buch darüber zum Geburtstag geschenkt hatte, versuchte sie es mit Mouse, aber er wollte einfach nicht mitmachen. »Bei dir hilft nur Pferde*schreien*!«, hatte sie aufgebracht gerufen und ihn weiter in der Sonne dösen lassen. Irgendwie war sie nie dazugekommen, es bei Sunny auszuprobieren, aber jetzt war die Zeit reif dafür. Pferdeflüstern würde das Band zwischen ihnen stärken, und dann würde es ihr leichter fallen, ihn zu reiten.

Kiri ging in die Scheune, nahm Sunny die Decke ab und striegelte ihn. Er war ein wunderschönes Pferd. Sein Fell war tiefschwarz und weiß gescheckt, die Mähne und der Schweif waren lang und voll, ein Erbe von seinem Lusitano-Vater. Von der Vollblut-Mutter hatte er den athletischen Körperbau, dem er seine Geschwindigkeit und den fließenden Wechsel zwischen den Gangarten verdankte. Das sollte ihn eines Tages, so hoffte

Eddie, zu einem Champion im Vielseitigkeitsreiten machen. Das war ein sehr anspruchsvoller Sport für Pferde, die in allen drei Disziplinen glänzten – Dressur, Springen und Geländeritt.

Sie ließ ihn auf die Koppel, um zu sehen, wie er und Mouse miteinander umgingen. Wenn sie eine Pferdeflüsterin sein wollte, musste sie die Sprache der Tiere verstehen. Bei einem Pferd erkannte man eine entspannte Grundhaltung an einem sanften, nach unten gerichteten Blick. Wurde der Kopf nach unten gehalten, war das ein Zeichen von Ruhe. Ein hoch getragener Kopf bedeutete Aufmerksamkeit. Viel ließ sich auch an der Stellung der Ohren ablesen, denn Hören war bei Pferden ein sehr wichtiger Sinn – unverzichtbar, um Gefahren zu erkennen. Nach hinten gerichtete und flach am Kopf anliegende Ohren zeigten Ärger. Waren die Ohren aber nur zurückgedreht, hieß das etwas ganz anderes: Das Pferd richtete seine Aufmerksamkeit auf etwas hinter ihm – und zwar auf den Reiter, wenn es geritten wurde. Gespitzte Ohren waren eindeutig – das Pferd war wachsam und aufgeregt.

Nachdem Kiri die Pferde eine Stunde lang beobachtet hatte, brachte sie Sunny zu dem kleinen runden Reitplatz, in dem auch Mouse gelegentlich bleiben musste, damit er weniger Gras fraß. Sie wollte eine Technik aus dem Buch ausprobieren, die das Pferd dazu bringen sollte, einen Menschen als Leittier zu akzeptieren. Sunny war nicht gesattelt – nicht einmal gezäumt –, und Kiri war nur mit einem kurzen aufgerollten Seil ausgerüstet, das sie in einer Hand nah am Körper hielt.

Sie stand in der Mitte des Platzes und blickte Sunny herausfordernd direkt in die Augen. Eine leichte Geste mit dem Seil forderte ihn dazu auf, sich vorwärts zu bewegen, und eine Art Tanz begann. Solange Sunny den

Kopf erhoben und den Blick abgewandt hielt, sollte er einfach weiterlaufen. Aber sobald er mit gesenktem Kopf in ihre Richtung sah, lobte sie ihn und drehte sich zur Seite, um ihn zu bestärken. Endlich kam er direkt auf sie zu und blieb vor ihr stehen, um sich den Hals streicheln zu lassen. Das war der kritische Moment. Würde er ihr folgen?

Kiri entfernte sich von ihm, und er blieb direkt hinter ihr. Vor Aufregung kribbelte ihr ganzer Körper. Sie ging weiter, und sogar als sie mehrmals die Richtung änderte, folgte er ihr wie ein Schatten. Ihr Herz hüpfte vergnügt, als sie erkannte, dass sie nun das Leittier war. Sie war eine Pferdeflüsterin!

Sie übte mit Sunny weiter auf dem Reitplatz. Es machte Spaß und war eine willkommene Ausrede, sich nicht im Haus aufhalten zu müssen. Und so erstaunte es sie, als Steph sie zu einem Einkaufsbummel einlud.

»Ich brauche ein paar Sachen, und in Ashford gibt es ganz gute Designerläden. Willst du mitkommen?«

»Nein.« Kiri merkte, dass ihre Antwort ganz schön unhöflich klang. »Ich meine, nein, danke. Ich muss noch so viel mit Sunny üben.«

»Kein Problem. Du bist eben ein Naturmensch, während ich eine Stubenhockerin bin. Aber versprich mir, dass du nichts Verrücktes anstellst, während ich weg bin. Zum Beispiel einen Ausritt am Strand.«

Kiri wurde purpurrot. »Woher weißt du das?«

»Ich wusste nichts davon, bis Mike Sweeting es mir erzählt hat. Er ist ein alter Freund von mir, und er macht sich Sorgen um dich. Dein Vater hat so viel zu tun, und Eddie ist in Neuseeland. Da dachte er, jemand sollte nach dir sehen.«

»Ich kann auf mich selbst aufpassen.«

»Natürlich kannst du das. Aber reite nicht wie eine

Wahnsinnige mit Sundancer am Strand entlang – zumindest nicht heute!« Sie winkte, als sie in ihren leuchtend roten Sportwagen stieg und wegfuhr.

In Kiri stieg ein Gefühl der Panik auf. Hätte Mike Sweeting doch nur den Mund gehalten und ihr Geheimnis nicht einfach so preisgegeben. Was sollte werden, wenn Steph ihrem Vater oder Eddie erzählte, was sie getan hatte?

Kapitel 5

Während Steph weg war, wollte Kiri etwas Neues mit Sunny ausprobieren. Sie hatte über einen Pferdetrainer gelesen, dessen Verbindung zu seinem Pferd so stark war, dass er es ohne Sattel und Zaumzeug reiten konnte. Aber um das zu schaffen, musste man lernen, seinem Pferd zuzuhören – richtig zuzuhören.

Sie ging mit Sunny zu der kleinsten Koppel, zäumte ihn auf und kletterte auf das Gatter, um aufzusitzen. Als sie ihr Bein über seinen Rücken gleiten ließ, wurde er unruhig, und sie blieb unbeweglich sitzen und horchte. Was teilte er ihr mit? Das hier war anders, eine Erfahrung, die er nicht kannte. Sie redete ihm gut zu, bis er sich beruhigte. Dann drückte sie ihre Beine gegen seine Flanken, und er ging im Schritt los. Nach ein paar Runden versuchte sie es im Trab und war überrascht, dass er sich ohne Sattel leichter reiten ließ als Mouse. Obwohl es bis zum Boden ein weiter Weg war, erlaubte ihr sein angenehmer Gang, tief und ruhig zu sitzen. Schon kurze Zeit später galoppierten sie und nahmen sogar ein kleines Hindernis.

Auf die Trense zu verzichten, war eine noch größere Herausforderung. Aber als sie sie Sunny abstreifte, schüttelte er den Kopf, als wäre er froh, sie los zu sein. Kiri holte tief Luft, als sie nun auf seinen Rücken kletterte und ihn einzig mit ihren Beinen und dem Verlagern ihres Gewichts durch die Koppel führte. Das Gefühl, wie sie eins wurde mit ihrem Pferd, war magisch. Und sie war sicher, dass Sunny dasselbe spürte. Es gab einen großen Spiegel, den Eddie einmal aus einem Sperrmüllcontainer gerettet und auf der Koppel aufgestellt hatte. Als sie darauf zuritt, sah sie, dass Sunny die Ohren gespitzt hatte und sein Hals locker mitschwang, während sie selbst grinste wie ein Honigkuchenpferd. Jetzt war sie nicht nur eine Pferdeflüsterin, sondern auch eine Pferdeversteherin.

Sie ließ Sunny mit Mouse grasen und beschloss, nach Camber zu laufen. Es langweilte sie, hier mit Steph festzusitzen, und vielleicht würde sie ein paar von Eddies Freunden am Strand treffen. Camber hatte einen der längsten Sandstrände in England. Zwar gab es hier keine so hohen Wellen wie in Cornwall, aber der Strand eignete sich ideal zum Kitesurfen. Drei dieser Surfer waren trotz der Kälte in ihren Neoprenanzügen auf dem Wasser. Kiri beobachtete, wie sie die Leinen packten, die ihre riesigen Drachen steuerten, und sich auf ihren Brettern vom Wind über die Wellen jagen ließen. Ein Geländeritt mit Sunny würde sich genauso anfühlen.

Es war niemand da, den sie kannte, und die Einsamkeit überrollte sie wie eine Flutwelle. Meistens kam sie damit zurecht, dass Eddie nicht da war. Aber manchmal vermisste sie ihn und ihre Mutter so sehr, dass es sich anfühlte wie Ertrinken. Vor zwei Jahren hätte sie sich Kate anvertrauen können, ihrer besten Freundin, die auch verrückt nach Pferden war. Aber Kates Familie war nach Yorkshire gezogen, und eine Freundschaft übers Internet war einfach nicht dasselbe.

Nach dem Tod ihrer Mutter schickte Kiris Vater sie auf ein Internat in der Nähe von Ashford, weil er so oft geschäftlich unterwegs war. Er war der Meinung, sie würde dort neue Freunde finden, aber die Hoffnung hatte sich nicht erfüllt. So versunken in ihrem Kummer war sie zu schwach, um auf Freundschaftsangebote einzugehen, und sonderte sich immer mehr ab. In ein paar Tagen fing die Schule wieder an, aber Kiri freute sich nicht darauf. Die Pferde würden ihr fehlen und ihr leidtun. Tom, der sie fütterte, wenn sie im Internat war, schenkte ihnen nicht so viel Aufmerksamkeit und Liebe wie sie.

Als sie wieder nach Hause kam, stand Stephs Sportwagen schon vor der Tür, und in der Küche war der Tisch gedeckt.

»Heute bin ich mal die Köchin«, rief Steph aus dem Wohnzimmer. »Ich habe etwas Besonderes gekauft, weil Jim heute Abend nach Hause kommt.«

Kiri ging in das Zimmer, in dem sich Einkaufstüten stapelten und überall auf dem Sofa und den Stühlen Kleider verstreut lagen. Ihr Blick blieb an einem Skaterrock hängen. Steph hatte eine gute Figur, aber so einen kurzen Rock würde sie bestimmt nicht tragen.

»Ist das …« Kiri biss sich auf die Zunge, als sie Stephs amüsierten Gesichtsausdruck bemerkte.

»Der ist nicht für mich. Und dir würde ich so etwas auch nicht kaufen. Aber ich habe trotzdem was für dich.« Sie wühlte sich durch die Päckchen und reichte ihr schließlich eine schlichte weiße Box.

»Für mich?« Kiri konnte ihre Verwunderung nicht verbergen. Eine Überraschung hatte sie schon lange nicht mehr bekommen.

»Mach es auf und schau rein.«

Kiri nahm den Deckel ab, und es verschlug ihr den Atem, als sie einen nagelneuen Reithelm aus der Box zog.

»Woher wusstest du das?«

»Ich habe bemerkt, dass dein alter Helm nicht mehr gut sitzt, also auch nicht viel Schutz bieten kann.«

Kiri stellte die Riemen und das Innenfutter ein, bevor sie sich im Spiegel betrachtete. »Er ist perfekt.«

»Ich habe dem Verkäufer erklärt, ich bräuchte etwas

für ein Mädchen in deinem Alter, das auch gern mal ein Risiko eingeht. Er meinte, das wäre der Richtige.«

»Danke, aber das kann ich nicht –«

»Natürlich kannst du das annehmen. Müsste dein Vater nicht so viel arbeiten, hätte er ihn dir besorgt. Aber es hat eben eine Frau gebraucht, der das auffällt.«

Kiri war ganz durcheinander. Sie war dankbar, dass jemand ihr Problem bemerkt hatte. Gleichzeitig war sie besorgt, dass ihr sparsamer Vater das nicht gutheißen würde. Und plötzlich auch argwöhnisch, dass Steph sich ihre Zuneigung erkaufen wollte.

Sie gingen in die Küche, wo Steph schwungvoll den Kühlschrank öffnete. »Es gibt heute Sushi«, verkündete sie.

»Das ist japanisch, oder?«, fragte Kiri mit einem flauen Gefühl im Magen. »Roher Fisch?«

»Probier erst mal. Jim kommt anscheinend später, wir brauchen nicht auf ihn zu warten.« Steph packte Takeaway-Essen aus, wie Kiri es nie zuvor gesehen hatte. Es gab kleine Reisbällchen mit Gewürzen, exotischen Fisch und geröstete Algen. Nach den ersten paar Bissen, die Kiri schnell hinunterschlang, damit ihr nicht schlecht wurde, bemerkte sie, dass es eigentlich schmeckte. Sie dippte die Häppchen in Sojasoße und genoss den ungewohnten Geschmack.

»Du warst schon in Japan, oder?«, fragte Kiri.

»Ja, wegen meiner Modefirma.«

»Dad sagt, du hättest sie verkauft.«

»Ich musste. Um die Schulden zu bezahlen, die mein Mann auf meine Rechnung gemacht hat. Aber wenn die Scheidung so läuft, wie ich mir das vorstelle, habe ich genug Geld, um eine neue Firma zu gründen. Deswegen habe ich all die Kleider gekauft – um meinen Designern zu zeigen, was sich hier so verkauft.«

Bevor Kiri noch mehr Fragen stellen konnte, schlug die Haustür, und ihr Vater kam mit gerunzelter Stirn in die Küche. Er gab ihnen beiden einen Kuss, dann setzte er sich und schenkte sich ein großes Glas Scotch ein.

»Ich will nicht um den heißen Brei herumreden. Ich habe Harding getroffen, aber er konnte oder wollte mir nicht helfen. Und ohne einen Kredit von ihm habe ich ein echtes Problem. Ich kann Eddies Studiengebühren nicht bezahlen. Er muss sich ein Darlehen holen wie seine Freunde.« Seine Stimme war kratzig, als wäre er wütend, aber Kiri wusste, dass er es einfach hasste, Versprechen zu brechen. »Und du kannst vielleicht nicht mehr auf dieses schicke Internat gehen.«

»Das macht nichts. Es gefällt mir sowieso –«

Kiris Vater schüttelte den Kopf. »Du fängst das nächste Halbjahr noch an. Wir werden sehen, wie es läuft.«

Diesen Gesichtsausdruck kannte Kiri schon lange. Ihr Vater war stolz und konnte Niederlagen nur schwer zugeben.

»Ich überbringe Eddie gleich die schlechte Nachricht.« Er sah auf die Armbanduhr. »In Neuseeland ist es schon Morgen.«

Es dauerte etwas, bis die Verbindung stand, aber als Eddie abnahm, kam ihr Vater gleich zum Punkt und erklärte ihm, dass er sofort ein Studiendarlehen beantragen solle. Kiri wollte gerade fragen, ob sie auch mit ihrem Bruder sprechen könne, da verlor ihr Vater die Beherrschung.

»Sei kein Idiot! Natürlich gehst du auf die Uni … ganz bestimmt nicht … ich verbiete es … du führst dich auf wie ein Dummkopf.« Er brach das Gespräch ab und ließ sich auf den Stuhl fallen. »Edward will nicht mehr auf die Universität. Er will in Neuseeland bleiben und eine Ausbildung zum Jockey machen. Er sagt, er will Geld sparen, um mir die Flugkosten zurückzuzahlen.« Den Kopf in seinen Händen vergraben, stöhnte er auf.

Als Steph den Arm um ihn legte, schlüpfte Kiri leise aus dem Zimmer und lief nach oben. Ihre Gedanken überschlugen sich. Die Aussicht, dass ihr Bruder in Neuseeland bleiben würde, ließ sie in ein weiteres schwarzes Loch stürzen. Aber wenn Eddie wirklich am anderen Ende der Welt Jockey sein wollte, wofür brauchte er dann ein Pferd auf der Walland Farm? Sunny könnte ihr gehören. Eddie zurückhaben zu wollen und sich gleichzeitig danach zu sehnen, dass Sunny ihr gehörte, ließ ihre Gefühle bis spät in die Nacht hinein Achterbahn fahren.

Es war noch dunkel, als Sunny den Kopf hob, um nach der Meeresbrise zu schnuppern: ein Hauch von Salz, süßer Thymian und strenger Teergeruch. Er freute sich schon darauf, zu frühstücken und das Mädchen zu sehen. Die Erinnerungen an den Jungen verblassten, und sie war nun die wichtigste Person in seinem Leben. Er mochte ihre sanften Hände, ihre freundliche Stimme und ihr weiches, nach Kräutern duftendes Haar.

Kapitel 6

Kiri wachte im Morgengrauen auf und schlich mit klopfendem Herzen aus dem Haus zur Scheune. Da Eddie nicht so bald nach Hause kommen würde, musste sie sich selbst beweisen, dass sie in der Lage war, die Zügel in die Hand zu nehmen. Aber würde Sunny sich benehmen, oder würde er wieder durchgehen? Sie sattelte ihn rasch und versprach ihm und sich selbst ein extragroßes Frühstück nach dem Ausritt. Sobald sie aufsaß, begann er zu scharren, also beschloss sie, nicht zum Strand zu reiten. Stattdessen wählte sie einen Reitweg durch das Moor. Sie spürte seine Kraft, als er in einen kräftigen Trab fiel, aber dieses Mal behauptete sie sich, und ein sanftes, aber bestimmtes Aufnehmen der Zügel brachte ihn zurück in den Schritt.

Überzeugt, dass sie Sunny unter Kontrolle hatte, begann sie, sich umzusehen und den Ausritt zu genießen. Das Walland Moor war einst vom Meer bedeckt gewesen, und obwohl das Land schon vor Jahrhunderten der See abgetrotzt worden war, konnte ein besonderer Lichteinfall die weite Ebene in die Illusion einer Wasserwelt verwandeln. Es war ein Ort für Riesen, wo Strommasten wie eine Armee das Land durchkreuzten und Windräder angesichts zwergenhafter Menschen wütend mit den Armen wedelten.

Ihr Weg würde sie am Windpark in der Mitte des Moors vorbeiführen, und sie wusste nicht, wie Sunny darauf reagieren würde. Ihr Atem beschleunigte sich, und sie fasste die Zügel fester, als sie sich den

Windrädern näherte und sah, wie sich die Rotorblätter hoch oben behäbig drehten. Sie spürte, wie Sunnys Muskeln sich anspannten, und ein jäher Sprung hätte sie fast aus dem Sattel befördert. Einen Augenblick glaubte sie, er würde durchgehen. Dann merkte sie, dass es ihm nur Spaß machte, über die wandernden Schatten zu hüpfen.

Der Ausflug verlief so gut, dass Kiri beschloss, doch noch an den Strand zu reiten. Sie wollte ihre neue Partnerschaft bis zum Äußersten erproben. Sunny wieherte aufgeregt, als sie ihn auf den Pfad zum Meer lenkte, und nachdem sie die Straße und die Dünen überquert hatten, tänzelte das Pferd unruhig seitwärts. Aber diesmal hatte Kiri das Sagen. Statt ihn gleich losstürmen zu lassen, hielt sie ihn in einem leichten Galopp. Die Flut hatte sich gerade zurückgezogen, und der Strand war wunderbar glatt.

Ich kann es!, sagte sie sich. Ich kann ihn überall reiten. Aber sie hatte sich zu früh gefreut. Während Sunny fröhlich am Strand entlanggaloppierte, hatte sie es versäumt, auf Gefahren weiter vorn zu achten. Der Kitesurfer wirkte im ersten Moment nicht bedrohlich – er schien Erfahrung zu haben, und Kiri sah, dass er weiter aufs Meer hinaussteuerte. Aber in letzter Minute neigte sich sein Drachen im Wind und schoss auf sie herab wie ein Raubvogel. Sunny bäumte sich auf, sprang zur Seite und ging durch.

Panik überwältigte Kiri – sollte sich das Drama vom Weihnachtstag wiederholen? Nein! Wann, wenn nicht jetzt, mussten sich all die Stunden auszahlen, die sie darauf verwendet hatte, eine Bindung zwischen ihnen aufzubauen. Sie musste Sunny zuhören, sich in ihn hineindenken, ihn verstehen. Wenn er in dem Drachen einen Dinosaurier sah, der jeden Moment seine Klauen in ihn schlagen konnte, lag es an ihr, ihn vom Gegenteil zu überzeugen. Sie richtete sich im Sattel auf, zog an den Zügeln und sagte seinen Namen wieder und immer wieder. Zuerst versuchte Sunny, sie aus dem Sattel zu werfen, aber als sie das nicht zuließ und ihre Stimme ruhig blieb, wurde er immer langsamer und fiel schließlich wieder in den Schritt.

»Guter Junge«, sagte Kiri, streichelte seinen Hals und lobte ihn mit leiser Stimme. »So ein tapferes Pferd!« Er war wirklich tapfer gewesen. Sunny hatte gespürt, dass sie keine Angst hatte. Er hatte dem Band zwischen ihnen vertraut und war so wieder zu Sinnen gekommen. Sie waren Partner!

Als sie zur Farm zurückkam, wollte sie gleich ihrem Vater und Steph von dem tollen Ausritt erzählen, aber sie bekam keine Gelegenheit dazu. Als sie die Küchentür öffnete, spürte sie sofort die angespannte Stimmung.

»Was du vorhast, ist einfach unvernünftig«, rief Steph und zupfte an ihrem Burberry-Schal. »Ich ruf dich an, wenn ich in New York bin.« Sie umarmte Kiri kurz. »Viel Glück mit dem Reiten!«

Als Steph gegangen war, sah Kiris Vater noch grimmiger drein als zuvor. Kiri überlegte, was wohl passiert war. Liebe zu ihrem Vater loderte in ihr auf. Am liebsten hätte sie ihn beschützt. Es machte sie wütend, dass Steph sich in sein Leben gedrängt hatte, und nun, wo es schwierig wurde, einfach verschwand. Kiri hätte gern gewusst, ob Steph nun endgültig in die Staaten zurückkehrte, aber sie traute sich nicht zu fragen. Stattdessen machte sie ihrem Vater sein Lieblingsfrühstück, durchwachsenen Speck mit Rührei, um ihn aufzuheitern. Und obwohl er ihr lächelnd dankte, wirkte er sorgenvoll, und er schien seine Tochter gar nicht zu sehen. Nach dem Frühstück erklärte er ihr, er brauche ein bisschen frische Luft, und ging spazieren.

Als er fort war, beschloss Kiri, Eddie anzurufen. Wenn sie ihn überzeugen konnte, doch auf die Uni zu gehen, würde das ihren Vater bestimmt aufheitern. Und wenn Eddie nach Hause kam, konnten sie sich Sunny teilen. Auf ihrem Handy war nicht mehr genug Guthaben, also nahm sie das Haustelefon mit in ihr Zimmer und wählte die Nummer in Neuseeland. Es war dort mitten in der Nacht, aber das war ihr egal.

»Kiri! Was ist los?« Eddies Stimme klang verschlafen und besorgt zugleich.

»Tut mir leid, dass ich dich wecke, aber ich mache mir Sorgen um Dad. Er hat Probleme mit seiner Firma, und jetzt ist Steph zurück nach Amerika gegangen.«

»Für immer?«

»Ich weiß nicht. Aber ich weiß, wie sehr er sich wünscht, dass du heimkommst und in Brighton studierst.«

Erst nach einer langen Pause antwortete Eddie. »Ich wäre dort nur hingegangen, weil Dad es will. Am liebsten würde ich eine Stelle suchen und ihm das Geld für den Flug zurückgeben.«

»Findest du denn etwas in Neuseeland?«

»Ein Mitarbeiter hier auf der Farm hat einen Onkel, der Trainer ist. Wenn er mich als Lehrling nimmt, könnte ich schon nächstes Jahr Pferderennen reiten! Von so etwas habe ich immer geträumt.« Kiri hörte die Begeisterung in seiner Stimme. »Tut mir leid, dass ich dich allein lasse, aber so eine Chance bekommt man nicht alle Tage.«

»Was ist mit Sunny?« Kiri bebte vor Hoffnung.

»Er kann ein Jahr freihaben. Du darfst ihn aber nicht reiten. Er ist zu stark für dich, und du hast es mir versprochen. Darauf nagle ich dich fest.«

Jetzt war es unmöglich für Kiri, ihm die Wahrheit zu

sagen oder ihn gar zu fragen, ob sie Sunny haben dürfte. Sie beendete das Gespräch und fühlte sich wie eine völlige Versagerin. Sie hatte Eddie nicht überzeugen können, heimzukommen, und ihr hatte der Mut gefehlt, ihm von ihr und Sunny zu erzählen.

Kapitel 7

Nach drei Tagen im Internat hielt es Kiri ohne ihre Pferde kaum noch aus. Als dann ihr Vater kam, um ihr zu sagen, dass sie die Schule wechseln müsste, konnte sie ihre Freude kaum verbergen.

»Der Direktor meint, ich könnte auch später bezahlen«, erklärte ihr Vater. »Du könntest das Halbjahr noch bleiben, in der Hoffnung, dass sich meine Firma wieder erholt. Aber ich will mich nicht noch mehr verschulden.«

Kiri wusste, wie sehr es ihn schmerzte, das zu sagen. Aber sie war erleichtert. So schwierig ein Schulwechsel auch sein mochte, wenigstens würde sie auf der Walland Farm wohnen und Sunny und Mouse jeden Tag sehen.

Sie luden ihr Gepäck ins Auto, und eine Weile schwiegen sie beide.

»Du kannst diesen Montag an der hiesigen Schule, der Denge Academy, anfangen«, sagte ihr Vater endlich. An seinem schroffen Tonfall erkannte Kiri, dass er glaubte, sie zu enttäuschen.

»Keine Sorge, Dad.« Kiri wusste, dass es nicht leicht sein würde. Mitten im Schuljahr zu wechseln war immer schwierig, und ihre Mitschüler würden sich über sie lustig machen, wenn sie erfuhren, dass sie von einem teuren Internat kam. Aber sie war entschlossen, die Gleichgültige zu mimen.

»Marjorie hat sich doch schon früher um dich gekümmert, sie schläft bei uns, wenn ich weg bin.«

Gerade als sie vor dem Haus geparkt hatten, klingelte dort das Telefon, und ihr Vater lief rasch hinein, um abzunehmen. Kiri sprang aus dem Auto und ging direkt zur Koppel. Mouse wieherte ihr von der Wiese aus zu, bevor er sich wieder dem Grasen zuwandte. Aber Sunny war nirgends zu sehen. Sie suchte die ganze Koppel ab und rannte bis zu dem Unterstand, den Eddie ganz hinten auf der großen Wiese gebaut hatte, um den Pferden im Hochsommer einen schattigen Platz zu bieten. Im Winter nutzten die Pferde ihn kaum, aber es war einen Versuch wert. Nichts.

Eine leichte Besorgnis ergriff sie. Natürlich war das dumm. Tom hatte Sunny wahrscheinlich in der Box gelassen: entweder weil er meinte, Sunny bräuchte mehr Heu, oder er hatte einfach vergessen, ihn nach draußen zu lassen. Tom wurde langsam etwas schusselig, wie er selbst zugab, und manchmal kam er durcheinander.

Kiri rannte zur Scheune und riss die Tür weit auf. Sunnys Box war leer. Die Besorgnis wich einer regelrechten Panik. Sie bekam kaum mehr Luft, als sie nach draußen stürzte und die Zäune ablief, um eine Stelle zu finden, wo Sunny ausgebrochen sein könnte. Wenn er das Weite gesucht hatte, wo würde er hingehen? Zum Strand? Sie schluckte beim Gedanken an die vielbefahrene Straße auf dem Weg dorthin. Das Moor wäre weniger gefährlich, aber das war eine riesige Fläche, die abgesucht werden müsste.

Keuchend vor Angst umrundete sie weiter die Wiesen, ohne eine Lücke im Zaun zu finden. Da kam ihr ein neuer, noch schlimmerer Gedanke: War er gestohlen worden? Sie hetzte zur Sattelkammer, schloss die Tür mit zitternden Händen auf und fand den Beweis. Sunnys Sattel und Zaumzeug waren weg. Nur das Halfter hing noch am Messinghaken – wie ein grausamer Hinweis auf sein Fehlen. Ein schrecklicher Laut entfuhr ihr, wie der Schrei einer Mutter, deren Kind verschwunden ist. Wenn sie daran dachte, wie Sunny in der Hand von Dieben vielleicht schon auf dem Weg in ein anderes Land war, drehte sich ihr der Magen um.

Sie rannte zum Haus und schrie wie wild: »Hilfe, Dad! Sunny wurde gestohlen. Wir müssen die Polizei rufen. Schnell!« Sie zog ihr Handy schon aus der Tasche, aber bevor sie die 110 wählen konnte, riss er es ihr aus der Hand.

»Er ist nicht gestohlen worden.«

»Wo ist er dann?«

»Verkauft. Ich wollte es dir sagen, bevor du zum Stall läufst, aber das Telefon hat geläutet … Ich bin nicht dazu gekommen.«

»*Verkauft*?« Das Wort blieb ihr im Hals stecken, wie eine zu große Tablette. »Du kannst ihn nicht verkauft haben. Das kannst du nicht.«

»Edward kommt so bald nicht zurück. Und wir können uns ein so teures Tier nicht leisten.«

»Aber ich *liebe* ihn! Wo ist er? Ich muss ihn sehen.«

»Besser nicht.«

Mit einem gequälten Schrei stieß sie ihren Vater aus dem Weg und rannte zu ihrem Zufluchtsort im Heulager. Die Tränen liefen ihr übers Gesicht, und ihr Körper wurde von Schluchzern geschüttelt, als sie sich zwischen die Heuballen kauerte.

Als die Tränen endlich versiegten, kletterte sie hinunter und ging zurück ins Haus. Gegen alle Vernunft hoffte sie, dass ihr Vater seine Meinung ändern und den Verkauf rückgängig machen würde.

»Kannst du ihn nicht zurückkriegen?« Ihre Stimme brach.

»Es tut mir leid. Aber verkauft ist verkauft.« Sein Tonfall war streng, wie immer, wenn er schlechte Nachrichten überbrachte. »Er war doch Edwards Pferd, ich hätte nicht gedacht, dass dich das so mitnimmt.«

»Natürlich nimmt mich das mit. Er bedeutet mir so viel, und ich habe gehofft …« Sie verstummte, außerstande zuzugeben, dass sie Sunny für sich haben wollte. »Ist nicht wichtig.«

»Du bist wichtig«, sagte ihr Vater und machte eine Geste, als wollte er sie umarmen.

»Ich bin niemandem wichtig.« Sie entzog sich ihm, als ihr Kummer sich in Zorn verwandelte. »Wenn du dich für mich interessieren würdest, wüsstest du, wie sehr ich an Sunny hänge. Und was ist mit Mouse? Er ist zu alt, um ihn zu verkaufen, also schätze ich, du bringst ihn zum Schlachter?« Sie wollte, dass ihr Vater denselben Schmerz spürte wie sie selbst. »Wenn Mum noch leben würde, hättest du es nie gewagt, so etwas zu tun.«

Ihr Vater wurde ganz bleich und streckte wieder die Arme nach ihr aus. Aber sie schubste ihn weg und rannte auf die Koppel, um sich an der Schulter ihres ältesten Freundes auszuweinen.

»Sunny ist weg, Mouse.« Sie legte ihre Arme um seinen Hals und vergrub ihr verquollenes Gesicht in seiner Mähne. »Er ist verkauft, und Dad verrät mir nicht, wo er jetzt ist.« Sie hatte das Gefühl, gerade in das nächste schwarze Loch zu fallen. Aber irgendetwas tief in ihr sagte Nein. Nicht noch einmal. Als ihre Mutter krank wurde, hatte sie nichts tun können, und auch als Eddie beschloss, in Neuseeland zu bleiben, war sie machtlos. Aber sie würde Sunny nicht aufgeben. Der Gedanke an ihn, allein und unglücklich an einem fremden Ort, war unerträglich. Irgendwie würde sie einen Weg finden, ihn zurückzuholen. Zwar hatte sie keine Ahnung, wie – aber der Entschluss war gefasst, unwiderruflich in ihr Herz geschrieben. Als ihre Tränen endlich trockneten, sah sie ihren Vater auf sich zukommen.

»Du weißt, dass ich Mouse niemals etwas antun würde. Deine Mutter hat ihn dir geschenkt, und ich habe ihr – und dir – versprochen, dass er hier sein Leben verbringen wird. Und daran wird sich nichts ändern.« Er tätschelte Mouse die Nase und legte den Arm um Kiri, als sie zurück zum Haus gingen.

»Ich hatte keine Ahnung, wie sehr Sunny dir am Herzen liegt. Wirklich. Aber selbst wenn ich es gewusst hätte, hätte wir ihn nicht behalten können. Futter, Hufbeschlag, Tierarztkosten – ein so großes Pferd wie ihn zu halten, geht ins Geld.«

»Ich weiß.« Obwohl die Wut über ihren Vater noch heiß in ihr brannte, war da eine leise Stimme, die sagte, dass er sie nicht hatte verletzen wollen. Aber vergeben konnte sie ihm genauso wenig wie ihm die Wahrheit sagen: nämlich dass sie Sunny suchen, zurückkaufen und einen Weg finden würde, ihn zu behalten. Um jeden Preis. Ihr Vater würde wie jeder andere ihren Plan als kindische Träumerei abtun. Aber sie wusste es besser. Vielleicht bräuchte es das eine oder andere Wunder, aber ihre Liebe zu Sunny war der Stoff, aus dem Wunder gemacht waren.

Sunny war bestürzt. Bereitwillig war er in den Pferdeanhänger gestiegen und auf die Reise gegangen. Das hatte er schon zuvor getan. Aber damals war er immer wieder nach Hause gekommen. Seit Tagen blickte er über seine Boxentür und wieherte jeden an, der in den Hof kam. Aber sie brachten ihn einfach nicht heim. Und auch sie kam nicht. Er gab das Wiehern auf und ließ den Kopf hängen; sie hatte ihn verlassen.

Kapitel 8

Kiris neue Schule lag in der Nähe von Lydd, nur ein paar Kilometer von der Farm entfernt, also konnte sie jeden Tag mit dem Rad dorthin fahren. Ihr Vater wollte sie wenigstens an ihrem ersten Tag mit dem Auto zur Schule bringen, aber sie lehnte es ab. Sie wollte nicht mit dem teuren Allradwagen gesehen werden – das würde zu angeberisch wirken –, und ihre neuen Mitschüler wussten ja nicht, dass er bald gegen eine gebrauchte Familienkutsche ersetzt werden sollte.

Sie war nun groß genug, um Eddies Fahrrad zu nehmen, also zog sie es aus dem Schuppen und machte sich früh auf den Weg. Von Osten wehten Nebelschwaden über das Moor, und die aufgehende Sonne färbte die Spitzen der Grashalme golden. Zu dieser Tageszeit hatte ihre Mutter am liebsten gemalt. Kiri stellte sich gern vor, dass sich im Nebel die verlorenen Dörfer im Moor verbargen – Orte, die von Armut oder Seuchen entvölkert wurden und dann verschwunden waren. Fast konnte sie die Umrisse verfallener Hütten im Dunst erkennen und das Lachen längst verstorbener Kinder hören, die durch den Nebel rannten.

Die Denge Academy – benannt nach dem nahe gelegenen Denge Moor und von allen nur Dingy genannt – holte sie schnell zurück ins Hier und Jetzt. Es war immer schwierig, mitten im Jahr auf eine neue Schule zu kommen, noch dazu ohne die passende Schuluniform. Kiri holte tief Luft, als sie der Klasse vorgestellt wurde. In den ersten Stunden verhielt sie sich unauffällig und war dankbar, als ein Lehrer ein Mädchen namens Tanya bat, sich in der Pause um sie zu kümmern. Aber Tanya wechselte nur wenige Worte mit ihr, dann entschuldigte sie sich und ließ Kiri stehen. Die errötete unter den taxierenden Blicken einiger älterer Jungen und fühlte sich von den anderen Mädchen, die sich schon jahrelang kannten, ausgeschlossen.

Es gab noch eine Einzelgängerin auf dem Pausenhof, ein Mädchen in ihrem Alter mit schwarzem Haar und hellbrauner Haut. Aber als sich ihre Blicke trafen, wandte Kiri sich ab. Sie wollte sich nicht gleich an ihrem ersten Tag mit einer Außenseiterin zusammentun. Nachdem sie den restlichen Nachmittag irgendwie hinter sich gebracht hatte, ging sie sofort zu ihrem Fahrrad. Das andere Mädchen stand daneben.

»Fahr nicht sofort los«, murmelte sie aus dem Mundwinkel mit einem Akzent, den Kiri nicht kannte. »Jemand hat einen Nagel unter deinen Hinterreifen gelegt, und wenn du dich draufsetzt, wird er durchstochen.«

»Danke.« Kiri fühlte sich schuldig, weil sie das Mädchen vorher abgewiesen hatte. »Wie heißt du?«

»Roxana. Roxana Yonescu. Aber sag niemandem, dass ich dich gewarnt habe.« Roxana schlich davon, und Kiri hob das Fahrrad vorsichtig von dem Nagel und versuchte, dabei auszusehen, als sei sie nicht gewarnt worden.

Sie radelte schnell heim und ging direkt zu Mouse. Er wirkte einsam auf der Koppel, und die Erkenntnis, dass er Sunny genauso vermisste wie sie, traf sie hart.

»Wie lief's?«, fragte ihr Vater, als sie ins Haus kam.

»Gut«, log sie. »Es gefällt mir.«

Nur das Geschnatter aus dem Fernseher überdeckte das beklommene Schweigen an diesem Abend. Kiri war immer noch sprachlos wegen Sunny, und ihr Vater war wohl noch mit den Sorgen um seine Firma und dem

Streit – wenn es einen Streit gegeben hatte – mit Steph beschäftigt.

Am nächsten Morgen wachte Kiri spät auf, und sie hatte wenig Zeit für Mouse, bevor sie zur Dingy hetzte. Roxana wartete am Eingang auf sie.

»Wir haben heute Nachmittag Sport und brauchen blaue Trainingsanzüge – wenn du willst, kann ich dir einen leihen.«

»Danke.« Kiri wollte nett sein. »Woher kommst du?«, fragte sie. Betroffen beobachtete sie, wie Roxanas Gesicht die Farbe von Roter Beete annahm und sie auf dem Absatz kehrtmachte.

»Sie ist Zigeunerin«, mischte sich Tanya ein, die ihr Gespräch mitgehört hatte. »Aus Rumänien, wie die meisten Illegalen hier. Nur dass sie jetzt legalisiert wurden. Ihre Mutter ist Haushälterin – das ist ein schöneres Wort für Putze –, und ihr Vater ist abgehauen. Mit der willst du doch wohl nichts zu tun haben.«

Obwohl der Schulgong Kiri eine Antwort ersparte, hatte sie schon entschieden, dass es Tanya war, mit der sie nichts zu tun haben wollte. Als sie in den Matheraum ging, setzte sie sich schon aus Prinzip neben Roxana, auch wenn sie selbst nicht die erste Reihe gewählt hätte.

»Ich wollte nicht aufdringlich sein …«, flüsterte sie, aber der Lehrer kam, und sie hatte keine Gelegenheit mehr, etwas zu sagen. In der Pause folgte sie Roxana auf die andere Seite des Pausenhofs.

»Ich war nie eine Illegale«, rief Roxana erbittert. »Und ich bin auch keine Zigeunerin, oder wie ihr Engländer uns nennt.«

»Ich nenne dich überhaupt nicht so«, entgegnete Kiri schnell. »Ich kenne dich ja gar nicht.«

»Wir kommen aus Rumänien. Meine Urgroßmutter ist eine richtige Roma – oder was ihr Zigeunerin nennt –, aber meine Mutter wollte sesshaft werden. Sie wollte in einer Wohnung leben, und sie wollte, dass ich zur Schule gehen kann, also sind wir vor acht Jahren nach England gekommen. Sie hat eine Arbeitserlaubnis und zahlt Steuern wie jeder andere auch. Aber hier auf dieser Schule behandeln mich alle wie Dreck.«

»Beachte Tanya und ihre Freunde gar nicht. Die haben nur Vorurteile.«

»Ich hasse sie.«

In den nächsten Tagen lernte Kiri Roxana besser kennen. Sie beobachtete, wie das rumänische Mädchen geschnitten wurde – wenn sie nicht sogar beleidigende Kommentare über ihre Herkunft und ihre Familie zu hören bekam. Roxana ignorierte die Angriffe und hielt den Kopf mit einem unerschütterlich gleichgültigen Gesichtsausdruck hoch erhoben. Aber Kiri konnte sich vorstellen, wie verletzend das sein musste, und bewunderte Roxana für ihren Mut.

Die zwei Mädchen verbrachten nun die Pausen zusammen. Sie waren beide zurückhaltend und erzählten einander nicht viel Persönliches, bis eine SMS von Eddie Kiri aus der Bahn warf.

»Was ist los?«, fragte Roxana.

»Es ist nur mein Bruder Eddie. Es geht ihm gut, aber er ist in Neuseeland, und ich vermisse ihn.«

»Wenigstens hast du einen Bruder. Ich habe nur meine Mum – mein Vater ist verschwunden, als ich noch klein war. Meine Mum ist die Beste, aber ich hätte so gern Geschwister.«

»Ich bin gerade auch viel allein.« Kiri erklärte, dass ihr Vater unter der Woche in Liverpool bleiben musste und sie mit der nicht gerade unterhaltsamen Marjorie zurückließ.

»Komm doch heute zum Abendessen zu uns«, meinte Roxana spontan. »Mum hat nichts dagegen, und sie kann dich danach heimfahren.«

»Gern, aber bist du sicher, dass das geht?«

Roxana rief ihre Mutter an, und Kiri sagte Marjorie Bescheid, dass sie später kommen würde.

Die Mädchen nahmen den Bus nach Camber, und Kiri war überrascht, als Roxana den Weg zu einem Ferienpark einschlug. Noch schockierter war sie, als Roxana die Tür einer heruntergekommenen Holzhütte aufschloss. Drinnen war es sehr sauber, und der schäbige Vinylboden war mit bunten Teppichen ausgelegt – aber es war winzig. Es gab einen Wohnbereich mit einer Spüle und einer Kochgelegenheit in der Ecke, ein Schlafzimmer mit einem Doppelbett, ein Bad mit Dusche und noch ein Schlafzimmer, so klein, dass kaum ein Einzelbett darin Platz fand.

»Ist das dein Zimmer?«, fragte Kiri und betrachtete die Poster von Rumänien an der Wand.

»Mum wollte, dass ich das größere Zimmer nehme, weil ich einen Schreibtisch für die Hausaufgaben brauche. Ich wünschte, wir könnten uns eine richtige Wohnung leisten, aber hier ist es günstig, weil meine Mum hilft, die Ferienhäuser zu putzen.«

»Im Sommer ist es hier bestimmt lustig.«

»Nicht wirklich. Wir dürfen den Pool nicht benutzen, und es ist laut. Die Kinder schreien den ganzen Tag, und die Eltern schreien auch.«

In diesem Moment ging die Tür auf, und eine Frau, die wie Roxana ein herzförmiges Gesicht und dunkle Augen hatte, betrat den Raum.

»Hallo, Kiri«, sagte sie mit einem herzlichen Lächeln. »Roxana hat schon so viel von dir erzählt.«

Marina bestand darauf, dass Kiri sie beim Vornamen nannte, und lud sie zum Essen ein. Es gab Clatite – rumänische Pfannkuchen mit Käsefüllung. Kiri und Roxana griffen kräftig zu und plapperten, als würden sie einander schon jahrelang kennen. Nach dem Essen fuhr Marina Kiri zurück zur Walland Farm und ging sicher, dass Marjorie im Haus auf sie wartete.

»Morgen fange ich später mit der Arbeit an«, erklärte Marina. »Also hole ich dich ab und fahre euch beide zur Schule. Das ist kein Problem.«

Zwei Wochen später radelte Kiri von der Schule heim und fand das Haus leer, ohne eine Spur von Marjorie. Sie aß Pizza und machte es sich mit einem Buch auf der Couch bequem. Erst nach sieben Uhr rief Marjorie an und sagte, dass sie furchtbare Bauchschmerzen habe und nicht kommen könne. Sie hatte versucht, Kiris Vater zu erreichen, war aber nicht durchgekommen. Kiri überlegte, ihren Vater selbst anzurufen, aber er würde nur einen Aufstand machen, und die Vorstellung, die Nacht allein auf der Walland Farm zu verbringen, war genauso aufregend wie beängstigend. Sie machte eine Runde durchs Haus und kontrollierte, ob die Fenster und Türen im Erdgeschoss abgeschlossen waren, dann ging sie nach oben und verriegelte auch dort die Fenster. Aber als sie ins Bett ging und sich die Bettdecke bis zum Kinn hochzog, konnte sie nicht schlafen. Geister stöhnten auf dem Dachboden, Einbrecher schlichen die Treppe herauf, und Schmuggler klimperten unter ihrem Fenster mit Flaschen.

Ihr wurde klar, dass sie den Geräuschen das Beängstigende nur nehmen konnte, wenn sie sie identifizierte. Sie schloss die Augen, um besser horchen zu können. Den Geist erkannte sie als eine Eule, die an ihrem

Fenster vorbeiflog. Das Knarren des alten Hauses, das sich abends für die Nachtruhe einrichtete, hatte sie für Einbrecher gehalten. Nur die Schmuggler schmuggelten eine Weile weiter, bis sie bemerkte, dass nur der Wind eine leere Milchflasche über die Pflastersteine rollte. Beruhigt erlaubte sie ihrer Fantasie den Luxus, einen Hund zu erfinden, der sich neben ihr auf dem Bett zusammenrollte. Beim Geräusch seines ruhigen Atems schlief sie endlich ein.

Am nächsten Morgen wachte Kiri zufrieden auf. Sie hatte die Nacht überstanden und war nun entschlossen, Marjorie, die sie noch nie hatte leiden können, loszuwerden. Sobald sie in der Schule ankam, erklärte sie Roxana das Problem.

»Auf Dauer kann ich nicht allein zu Hause bleiben, aber vielleicht könnten ja du und deine Mutter kommen und bei mir bleiben?«

»Wann?«

»Heute Abend – wenn es geht, und die nächsten zwei Nächte.«

»Heute Abend?« Roxana klang überrascht.

»Nur wenn du Lust hast, natürlich«, fügte Kiri schnell hinzu.

»Liebend gern.« Ein strahlendes Lächeln hellte Roxanas Gesicht auf. »Aber ich weiß nicht, was meine Mutter dazu sagen wird. Ich rufe sie gleich an.«

»Sag ihr, dass Dad für jede Nacht, die sie bleibt, etwas bezahlt.« Kiri errötete. Sie sprach nicht gern über Geld, aber die Yonescus waren knapp bei Kasse.

Erst in der Mittagspause erreichte Roxana ihre Mutter. Roxana sollte nach der Schule wie immer den Bus nach Camber nehmen, und ihre Mutter würde sie zur Walland Farm fahren, wenn sie Feierabend hatte, erklärte sie

Kiri. Aber Marina bestand darauf, zuerst mit Kiris Vater zu sprechen, bevor sie über Nacht blieb.

Bald nachdem Kiri nach Hause gekommen war, hörte sie ein Auto vor dem Haus halten. Sie öffnete die Haustür und sah Roxana und Marina aus ihrem verbeulten alten Ford steigen.

»Ich bin so schnell wie möglich gekommen, als ich hörte, dass du allein bist«, sagte Marina mit einem beruhigenden Lächeln. »Aber wir müssen zuerst deinen Vater fragen, ob er einverstanden ist.«

Kiri wählte die Handynummer ihres Vaters und hoffte inständig, dass er zu beschäftigt war, um Schwierigkeiten zu machen.

»Hi, Dad. Marjorie ist letzte Nacht nicht aufgetaucht, aber ich bin allein zurechtgekommen. Jetzt ist meine Schulfreundin Roxana mit ihrer Mutter bei mir. Sie will mit dir reden.« Kiri reichte das Telefon weiter, bevor ihr Vater widersprechen konnte. Sie hörte mit, während Marina ihre Kontaktdaten und Referenzen nannte.

»Ich nehme an, Sie kennen Dr. Swanson?«, fragte sie. »Ich habe zwei Jahre lang für sie gearbeitet – sprechen Sie doch bitte mit ihr, und wenn Ihnen gefällt, was sie sagt, bleibe ich gern.« Sie gab Kiri den Telefonhörer zurück.

»Dass Marjorie dich die ganze Nacht allein gelassen hat, finde ich wirklich schlimm«, meinte ihr Vater. »Wenn du möchtest, komme ich heute Abend heim, aber wenn Dr. Swanson eine Empfehlung gibt und du auch zufrieden bist, bleibe ich bis Freitag in Liverpool.«

»Cool.« Kiri grinste Roxana an. »Ich bin sicher, die Frau Doktor sagt, dass alles passt. Bis Dad zurückruft, musst du mitkommen und Mouse kennenlernen.« Sie zeigte ihrer Freundin den Weg zu der Wiese, wo Mouse den Kopf hob, um sie willkommen zu heißen.

»Du hast so ein Glück.« Roxana streichelte Mouses

weiche Nase. »Ich liebe Pferde, aber habe noch nicht mal auf einem gesessen.«

Kiri zeigte Roxana ihr Geheimversteck zwischen den Heuballen, aber als sie auf die leere Box unter sich blickte, konnte sie die Tränen nicht mehr zurückhalten. Endlich erzählte sie Roxana die ganze Geschichte von Sunny.

Roxana nahm Kiris Hände in die ihren. »Ich helfe dir, ihn zurückzubekommen. Irgendwie. Und wir fragen meine Urgroßmutter. Sie ist eine richtige Roma und kann in die Zukunft sehen. Sie weiß, was passiert.« Sie hielt kurz inne. »Auch wenn sie nicht immer sagt, was sie sieht.«

Die Mädchen gingen zurück ins Farmhaus, wo Marina ihnen Würstchen mit Pommes gemacht hatte. Kiris Vater hatte angerufen und Bescheid gegeben, dass er einverstanden war. Marina sollte im Gästezimmer schlafen, und für Roxana legten sie eine Matratze neben Kiris Bett.

Als Roxana Kiris Zimmer sah, machte sie große Augen. »Dieses Haus ist wie aus einem Märchen«, flüsterte sie und betrachtete Kiris Bilder, Bücher und die Regale mit ihrer Muschelsammlung.

»Das hier ist mein Lieblingsbild«, lenkte Kiri verlegen ab. »Meine Mum hat es vor ihrem Tod für mich gemalt. In den Wellen kann man sich weiße Pferde vorstellen.«

Sie unterhielten sich bis spät in die Nacht, und Kiri staunte, wie schnell ihr Leben sich verändert hatte. Noch vor ein paar Wochen war sie so einsam gewesen, dass sie hätte heulen können, und jetzt hatte sie eine neue beste Freundin.

»Aber ich werde dich nicht vergessen, Sunny«, versprach sie im Stillen. »Du bist in meinem Leben das Wichtigste, und Roxana und ihre Urgroßmutter helfen mir, dich zurückzuholen.«

Kapitel 9

Kiri wachte früh auf, wie fast jeden Morgen, seit Sunny fort war. Immer wieder hatte sie ihren Vater nach dem Namen von Sunnys neuem Besitzer gefragt, aber er gab stets dieselbe Antwort: Es sei besser, wenn sie es nicht wüsste. Am vergangenen Sonntag, kurz bevor er sich auf den Weg nach Liverpool gemacht hatte, hatte sie noch einmal gefragt, auch wenn sie ahnte, dass er wütend werden würde.

»Ich sage es dir nicht, und damit hat sich's«, knurrte er mit gerunzelter Stirn. Er umarmte sie zum Abschied. Kiri wusste, dass sie sich nicht trauen würde, ihn noch einmal darauf anzusprechen.

Aber jetzt, wo sie wach lag und an den unglücklichen, einsamen Sunny dachte, reifte in ihr ein neuer Entschluss. Sie würde ihrem Vater die Stirn bieten. Sie würde herausfinden, wo Sunny war, selbst wenn das hieß, ihren Vater zu hintergehen. Sie stand auf, zog sich ein altes Sweatshirt über und schlüpfte in ihre Crocs.

»Wohin gehst du?«, fragte Roxana mit verschlafener Stimme.

»In Dads Büro. Ich muss herausfinden, wer Sunny gekauft hat.«

»Ich komme mit.«

Die Mädchen schlichen aus dem Schlafzimmer, sehr darauf bedacht, Marina nicht zu wecken. Auf Zehenspitzen huschten sie den Korridor zum Büro entlang. Mit pochendem Herzen schaltete Kiri den Computer an. Sie fühlte sich wie eine Verbrecherin, aber daran war ihr

Vater selbst schuld. Hätte er ihr einfach erzählt, was sie so verzweifelt wissen wollte, müsste sie sich jetzt nicht in sein E-Mail-Postfach hacken. Vermutlich hatte ihr Vater sein Passwort aus den Namen seiner Liebsten gebildet. Und tatsächlich, nachdem sie verschiedene Kombinationen aus Sylvia, Edward und Kiri ausprobiert hatte, kam sie mit »sylvedki« durch, und der Zugang wurde freigegeben.

»Willst du das wirklich machen?«, flüsterte Roxana.

»Ganz sicher. Ich könnte es mir nie verzeihen, wenn ich Sunny aufgebe.«

Sie öffnete den Posteingang, und eine lange Liste von E-Mails erschien auf dem Bildschirm. Ihr Vater musste beschlossen haben, Sunny zu verkaufen, als klar war, dass seine Firma in Schwierigkeiten steckte und dass Eddie nicht nach Hause kommen würde. Dass er Sunny in einem Pferdemagazin inseriert hatte, glaubte sie nicht. Und wenn Käufer auf den Hof gekommen wären, um Sunny anzuschauen, hätte die Sache länger gedauert. Also war Sunny wahrscheinlich an jemanden verkauft worden, den ihr Vater schon kannte.

»Versuch die mal«, schlug Roxana vor und zeigte auf eine E-Mail mit dem Wort »Verkauf« im Betreff. Aber es war nur eine Anfrage für ein Baugrundstück. Es blieb ihnen nichts anderes übrig, als alle eingegangenen Mails der letzten Wochen einzeln durchzugehen. Sie kamen nur langsam voran, aber zuletzt fanden sie etwas, das Kiris Herz aufgeregt pochen ließ: eine Nachricht von Grant Harding, dem Mann, der die Firma ihres Vaters hätte retten sollen. Auch wenn es vorrangig um Immobilien ging, ließen die letzten Sätze der Mail Kiri aufhorchen. »Ich kann dir mit der Firma nicht weiterhelfen, aber in der anderen Sache, die du angesprochen hast, kommen wir ins Geschäft. Für meinen Sohn

William scheint er genau der Richtige zu sein.« Obwohl Sunny oder auch nur das Wort »Pferd« nirgends im Text erwähnt wurden, sagte Kiris Bauchgefühl, dass sie auf der richtigen Spur war. Sie öffnete das Adressbuch ihres Vaters und fand die Adresse und Postleitzahl der Hardings.

»Ich weiß, wo das ist«, wisperte Roxana aufgeregt. »Das ist eine Straße mit vielen großen Einfamilienhäusern kurz vor Rye – Mum putzt in einem davon.«

»Gibt es da Ställe?«, fragte Kiri.

»Google es doch.«

Kiri zoomte die Satellitenbilder von der Wohngegend heran, aber obwohl es große Gärten gab, waren da weder Wiesen noch Ställe.

»Die Hardings könnten Sunny auch bei einem Reitstall untergestellt haben. Dort versorgen sie die Pferde, wenn die Besitzer keine Zeit dafür haben. Der Reitstall ist dann wahrscheinlich in der Nähe.« Am liebsten wäre Kiri sofort rausgestürmt und hätte Sunny gesucht, aber Marina würde bald aufwachen, und sie mussten sich für die Schule fertig machen.

An der Heckklappe von Marinas Auto war ein Fahrradträger, so konnte sie neben den Mädchen auch Eddies Fahrrad zur Schule bringen. Weil sie heute bis spätnachmittags arbeiten musste, würden Roxana und Kiri zu zweit auf dem Fahrrad nach Hause fahren.

In der Mittagspause übermannte Kiri die Ungeduld. »Lass uns die Schule schwänzen«, flüsterte sie Roxana zu, als sie sich Sandwiches und Äpfel teilten. Aber die Augen ihrer Freundin weiteten sich bei diesem Vorschlag vor Schreck.

»Du hast ja keine Ahnung, was meine Mutter für meine Ausbildung opfert. Ich kann sie doch nicht so enttäuschen.«

Noch eine Überraschung erlebte Kiri, als sie nach der Schule vorschlug, Roxana sollte das Fahrrad nehmen und sie würde nebenherlaufen.

»Ich kann das nicht«, erklärte Roxana. »Wir konnten uns nie ein Fahrrad leisten. Und das ist ein Herrenrad! Wie soll ich mit meinem Rock da aufsteigen?«

»Dann machen wir es halt so.« Kiri wies Roxana an, sich im Damensitz auf den Gepäckträger zu setzen, sodass ihr Rock züchtig die Knie bedeckte. Dann schwang Kiri ihr Bein über die Stange – vorausschauend hatte sie ihre Trainingshose angelassen. Roxana schrie erschreckt auf, als sie langsam und wackelig losfuhren, aber sobald sie im Moor an Geschwindigkeit gewannen, lachte sie aufgeregt. Kiri hielt nach einem schwarz-weißen Pferd Ausschau. Aber natürlich war es praktisch unmöglich, Sunny zufällig zu finden. Für zwei in die Pedale zu treten, war harte Arbeit, und Kiri wurde klar, dass sie auf diese Weise niemals alle Reitställe in der Umgebung abklappern konnten.

»Machen wir eine Verschnaufpause.« Kiri bremste vorsichtig, sodass Roxana vom Gepäckträger hüpfen konnte, ohne zu stolpern. Sie legten das Fahrrad ins Gras, setzten sich auf eine Brücke über einem der breiten Wassergräben, die das Moor entwässerten, und teilten sich einen Apfel.

»Was ist das?«, fragte Roxana und deutete auf das gegenüberliegende Ufer. Dort bewegte sich etwas im Schilf.

Kiri blickte angestrengt in die Richtung und sprang dann auf, um besser sehen zu können. »Sieht so aus, als hätte sich da etwas verfangen.« Der Graben war nicht nur tief, sondern auch breit und auf beiden Seiten von Schilf gesäumt. Kiri ging über die Brücke, bis sie sah, was es war. »Ein Hund! Er sitzt im Schilf fest.« Sie wartete einen Moment in der Hoffnung, der schon kraftlose Kampf des Hundes würde noch zum Erfolg führen.

»Er kommt da nicht raus«, rief Roxana. »Er ertrinkt.«

Kiri zog die Schuhe und ihre Hose aus und schlitterte die Uferböschung hinunter. Das eiskalte Wasser ließ sie keuchen, und sie wusste, der Hund würde bei der Temperatur nicht lange durchhalten. Der Graben war noch tiefer, als sie gedacht hatte, und sie stand bis zur Hüfte im Wasser, als sie das Tier erreichte, das sie verzweifelt ansah. Sie schloss die Arme um seinen Körper und hob es hoch. Mit einem schlürfenden Geräusch löste sich der Hund aus dem Matsch – stinkender, klebriger Matsch, von dem sie jetzt beide bedeckt waren. Sie hielt das Tier fest, bis sie das Ufer erreichte, wo Roxana ihnen aus dem Wasser half.

Die Kälte war Kiri bis in die Knochen gekrochen, und sie zitterte, genau wie der Hund, am ganzen Körper. Er schüttelte sich und ließ Wassertropfen in alle Richtungen fliegen. Kiri nahm ihre Jogginghose, um den Hund abzutrocknen, so gut es ging. Sie mussten schnell nach Hause. Als sie sich die nasse Hose wieder übergezogen hatte, hob sie den Hund in den großen Korb vorn am Rad. Hoffentlich würde er genug Verstand besitzen, um dort drinzubleiben.

»Ich schaffe es nicht, mit euch beiden zu fahren«, wandte sie sich an Roxana. »Ich komme so schnell zurück, wie ich kann.« Roxana nickte, aber ihre zusammengepressten Lippen verrieten Kiri, dass es ihr gar nicht gefiel, allein im Moor zu bleiben. »Es dauert nicht lange, versprochen.«

»Bleib!«, befahl sie dem Hund und trat kräftig in die Pedale. Im flachen Moor gewann sie schnell an Fahrt. Als sie die Walland Farm erreichte, war ihr von der Bewegung warm geworden, aber der Hund zitterte immer noch. Wenigstens war er in seinem geschwächten Zustand nicht auf die Idee gekommen, aus dem Korb zu springen. Sie trug ihn in die Scheune, trocknete ihn noch einmal mit einem Handtuch ab und legte ihn dann in Sunnys Box ins Stroh.

»Bis gleich, Hund«, flüsterte sie und tätschelte ihm den Kopf. Schnell zog sie sich noch ein Sweatshirt und eine alte Reithose an, dann war sie schon wieder unterwegs. Roxana lief ihr entgegen, und ihr breites Lächeln verriet, wie froh sie war, nicht mehr allein zu sein. Sie fuhren zurück zur Scheune und fanden den Hund tief im Stroh vergraben. Kiri holte einen Eimer warmes Wasser und wusch behutsam den Schlamm aus seinem Fell. Ein Border-Collie-Rüde mit weiß-rotem Fell kam zum Vorschein.

»Sieh nur, wie dünn er ist!«, sagte Roxana entsetzt.

»Er wurde geschlagen«, stellte Kiri fest und ertastete vorsichtig einen Striemen auf dem Rücken des Hundes. Sie holte zwei Würstchen aus dem Kühlschrank, die vom Essen übrig geblieben waren. Der Hund schlang sie hinunter, ohne zu kauen. Dann schleckte er ihre Hand ab und blickte sie mit glänzenden braunen Augen an.

Roxana blieb in der Scheune, während Kiri in der Küche nach Futter suchte. Eigentlich brauchte der Collie richtiges Hundefutter, und zwar eine ganze Menge davon, aber der Dosenschinken, den sie im Regal fand, musste erst einmal genügen.

Während Marina Abendessen machte, schmuggelten sie den Hund in Kiris Zimmer. Wenn ihr Vater am Freitag nach Hause kam, musste sie ihm von dem Hund erzählen, aber bis dahin blieb er ihr Geheimnis. Er lag auf dem Bett, blickte sie vertrauensvoll an und wedelte zaghaft mit dem Schwanz.

»Du hast ihm das Leben gerettet«, sagte Roxana. »Jetzt

fragt er, ob du ihm ein neues schenkst. Fang am besten mit einem neuen Namen an.«

»Ich nenne ihn Ben.«

»Ben ist ein guter Name, aber erlaubt dir dein Vater, ihn zu behalten?«

Kiris Gefühle für ihren Vater waren ein völliges Durcheinander. Vor langer Zeit, als ihre Familie noch vollständig gewesen war, hatte sie ihn auf ganz unkomplizierte Weise geliebt. Aber jetzt war ihre Liebe vermischt mit Wut wegen Sunny, Schuldgefühlen, weil sie seine E-Mails gelesen hatte, und Angst, dass sie Ben nicht behalten durfte. Sie seufzte und wuschelte durch Bens Fell.

»Freitag wissen wir mehr.«

Kapitel 10

Kiri war frustriert. Zwei Tage Schule musste sie noch durchstehen, ehe sie am Wochenende Zeit haben würde, nach Sunny zu suchen. Bestimmt war er in der Nähe untergestellt. Sie dachte wieder darüber nach, die Schule zu schwänzen, aber das würde Roxana nur verunsichern. Und wenn ihr Vater davon erfuhr, bekam sie Probleme. Probleme, die ihren Plan, Ben zu behalten, durchkreuzen könnten. Also hielt sie in der Schule durch, konnte sich aber kaum konzentrieren. Am Freitag überredete sie Roxana, sich mit ihr in die letzte Reihe zu setzen. Dort schrieben sie sich Nachrichten und tuschelten, bis der verärgerte Lehrer sie in der Mittagspause nachsitzen ließ.

»Tut mir leid, das war meine Schuld«, sagte Kiri. »In Französisch langweile ich mich immer so, ich komme da auf keinen grünen Zweig.«

»Nur, weil du es nicht versuchst.«

Kiri entging nicht, dass Roxana wegen der Strafe wirklich sauer war – wenn ihre Mutter das erfahren würde! Aber sie hatte sich an die bedingungslose Treue ihrer neuen Freundin gewöhnt, und jetzt plötzlich kritisiert zu werden, wurmte sie.

»Für dich ist das leicht«, gab Kiri zurück. »Du sprichst viele Sprachen.«

»Nichts ist leicht für mich! Ich muss alles – sogar Mathe – in einer Fremdsprache lernen und Aufsätze mit Worten schreiben, die ich nur halb verstehe. Und ich habe kein riesiges Haus und niemanden, der für mich kocht. Manchmal muss ich meiner Mutter abends beim

Putzen helfen, und wenn sie lange weg ist, auch noch kochen.« Roxanas Augen funkelten wütend, als sie davonging.

Kiri war zu überrascht, um sie aufzuhalten. Die Stichelei wegen des Hauses verursachte ihr ein ungutes Gefühl, aber die Bemerkung über das Kochen nahm sie ihr übel. Sie musste oft für ihren Vater und sich kochen.

Am Nachmittag vermieden es die beiden, nebeneinanderzusitzen, und Marina holte Roxana direkt nach Schulschluss ab. Kiri radelte heim und fühlte sich ungerecht behandelt, aber als sie zu Hause in die Scheune ging, um Ben zu knuddeln, vermisste sie ihre Freundin. Das Abenteuer, gemeinsam mit Roxana den Hund zu retten, hatte Spaß gemacht. Eigentlich hatte mit ihr zusammen alles mehr Spaß gemacht.

Sie hörte das Auto ihres Vaters in der Einfahrt. Bevor sie hinausging, um ihn zu begrüßen, gab sie Ben noch eine Schale mit Futter. Früher wäre sie ihrem Vater um den Hals gefallen, aber jetzt fühlten sich beide irgendwie unbehaglich.

»Hi, Dad.«

»Hallo, Schätzchen. Wie war deine Woche?«

»Schön.«

Sie sprachen von Belanglosigkeiten wie seiner Fahrt zurück von Liverpool und ihrer Schuluniform und umschifften vorsichtig die zwei Themen, die keiner von ihnen ansprechen wollte: Sunny und seine Firma.

»Ich habe Pizza und Eis mitgebracht. Morgen kaufe ich richtig ein.«

»Ich bräuchte etwas ...« Kiri wollte schon »Hundefutter« sagen. Aber zuerst einmal musste sie ihm von dem Hund erzählen.

»Auf dem Heimweg von der Schule ist etwas passiert.« Ihr Tonfall verriet ihm wohl, dass etwas Wichtiges folgen würde. Er blickte auf und sah sie durchdringend an.

»Etwas Gutes oder etwas Schlechtes?«

»Beides.« Es fiel ihr schwer, ihm von Ben zu erzählen, aber dann platzte es aus ihr heraus: »Ich und Roxana haben einen Hund gefunden. Er hing in einem Wassergraben im Schilf fest und wäre beinah ertrunken. Ich habe ihn rausgeholt und mit nach Hause gebracht.«

»Und jetzt willst du ihn behalten?«

Kiri nickte, unfähig zu sprechen. Stattdessen fing sie an zu weinen.

»Wir werden sehen. Ein Hund ist fürs Leben, nicht nur für Weihnachten.« Er lächelte, und Kiri wusste, dass er an den Aufkleber am Auto ihrer Mutter dachte.

Sie gingen zusammen zur Scheune, und Ben machte vor Aufregung Luftsprünge. Er war ein hübscher Hund, obwohl er bis auf die Knochen abgemagert war. Seine Ohren waren gespitzt, und nachdem Kiri ihn stundenlang gekämmt hatte, glänzte sein Fell seidig.

Wie könnte irgendjemand diesen Augen widerstehen?, dachte Kiri. Und diesem wedelnden Schwanz?

»Gutmütig ist er anscheinend«, stellte ihr Vater fest. »Und er sieht gut aus, aber wir müssen herausfinden, ob sein Besitzer nach ihm sucht.«

»Er wurde geschlagen und war halb verhungert!«

»Das war nicht unbedingt der Besitzer. Vielleicht ist er weggelaufen und wurde von jemand anderem geschlagen.« Er seufzte. »Wir bringen ihn zum Tierheim und lassen prüfen, ob er einen Mikrochip hat. Aber wahrscheinlich hast du recht – ich glaube nicht, dass er gechipt ist oder dass jemand nach ihm sucht.«

Kiris Herz, das bei der Erwähnung des Tierheims vor Schreck ausgesetzt hatte, fand wieder in seinen Takt zurück.

»Du musst wohl ein paar Tage warten, bis das Tierheim dir den Hund anvertraut.«

»Heißt das, ich darf ihn behalten?«

»Unter der Bedingung, dass du die volle Verantwortung übernimmst. Du fütterst ihn und gehst jeden Tag mit ihm raus. Das bedeutet, dass du unter der Woche sehr früh aufstehen musst, damit du dich um Mouse und Ben kümmern kannst.«

Kiri machte innerlich Freudensprünge. »Ich suche mir einen Wochenendjob, um sein Futter zu bezahlen.«

Ihr Vater zögerte. »Das ist sehr verantwortungsbewusst von dir, aber ich will nicht, dass die Schule darunter leidet.«

»Das wird sie nicht«, log Kiri. »Ich mache sogar noch Fleißarbeiten.«

Ihr Vater nahm sie in die Arme und drückte sie ganz fest an sich. »Ich weiß, wie sehr dich die Sache mit Sunny mitgenommen hat, und du verdienst es wirklich, glücklich zu sein. Aber lauf nicht schneller als deine Beine. Es kann noch eine Weile dauern, bis du weißt, ob du ihn behalten kannst, und ich will nicht, dass dir das Herz zum zweiten Mal bricht.«

Kiri durchlebte ein Chaos der Gefühle: die Aufregung, weil sie Ben behalten durfte, die Angst, ihn wieder zu verlieren, und die Schuldgefühle, weil sie ihren Vater hintergehen und Sunny heimlich suchen wollte. Einen Augenblick lang überlegte sie, ob sie ihrem Vater alles erzählen sollte. Aber natürlich ging das nicht. Er würde sie aufhalten. Offensichtlich hoffte er, dass Ben sie von Sunny ablenken würde. Doch das würde nie passieren, so viel stand fest.

Am nächsten Morgen bürstete Kiri Ben und warf ihm ein letztes Mal einen Ball zu, bevor sie ihn ins Auto hob.

»Es ist nur für ein paar Tage«, versprach sie ihm und hoffte, dass das auch stimmte. »Und dann bist du wieder daheim, für immer.«

Sie fuhren zum Tierheim und gaben Ben ab. Er blickte Kiri mit seinen großen, treuherzigen Augen an, als er zu den Zwingern geführt wurde. Sie hatte plötzlich das starke Bedürfnis, ihn zu schnappen und abzuhauen. Es wäre unerträglich, wenn sein früherer Besitzer ihn zurückfordern würde. Nach einem kurzen Stopp beim nächsten Supermarkt stiegen sie ins Auto und fuhren heim.

»Wann kommt Steph wieder?« Kiri sah, wie sich die Hände ihres Vaters fester um das Lenkrad schlossen, bevor er antwortete.

»Ich weiß es nicht. Sie hat sehr viel mit der Scheidung in Amerika zu tun.« Sein Tonfall verriet, dass das Thema Steph vorerst abgehakt war.

Kiri wagte nicht zu fragen, ob es seiner Firma allmählich wieder besser ging. Was, wenn es so schlimm lief, dass sie die Walland Farm verkaufen mussten? Aber selbst wenn sie den Mut gehabt hätte zu fragen, hätte er es ihr wahrscheinlich nicht gesagt.

Daheim angekommen, ging ihr Vater direkt in sein Büro, und Kiri nahm ihr Rad, um einen Reitstall zu besuchen, der ganz in der Nähe vom Haus der Hardings lag. Die Straße dorthin führte steil bergauf. Als Kiri ankam, keuchte sie vor Anstrengung und zitterte vor Aufregung, weil sie Sunny gleich wiedersehen würde. Sie stieß das Tor auf und rannte in den Hof, überzeugt, gleich sein fröhliches Wiehern zu hören. Stattdessen lief sie einer Frau mittleren Alters in die Arme, die sie wütend zur Seite schob.

»Wo willst du denn hin?«, fragte sie unfreundlich.

»Ich möchte William Hardings Pferd sehen, Sundancer.«

»Ich weiß nicht, wovon du sprichst. Keiner meiner Kunden heißt so. Geh jetzt bitte.« Sie winkte eines der Stallmädchen heran. »Harriet, begleite sie bitte nach draußen.«

Kiri war fuchsteufelswild. Was für eine schreckliche Frau. Und was alles noch schlimmer machte: Sie fühlte, wie Tränen der Verzweiflung über ihre Wangen liefen.

»Kennst du William?«, fragte Harriet.

»Nein. Aber er hat das Pferd von meinem Bruder gekauft. Ich wollte nur sehen, ob es Sunny gut geht.«

»Es ist schwer, einem Pferd Lebewohl zu sagen.« Harriet schenkte ihr ein mitfühlendes Lächeln. »Vor langer Zeit hatte William ein Pferd hier, aber jetzt nicht mehr. Er ist ein guter Reiter – wenn sein Vater nicht gerade zusieht.«

»Weißt du, wo er jetzt sein Pferd untergestellt hat?«

Das Mädchen schüttelte den Kopf. »Irgendwo bei Ashford, glaube ich. Aber wo genau, weiß ich nicht.«

Niedergeschmettert fuhr Kiri den Hügel hinunter. Sie war sich so sicher gewesen, Sunny hier zu finden. Wenn er kilometerweit weg bei Ashford war, würde es viel schwieriger werden, ihn aufzuspüren.

Kapitel 11

Die strahlende Sonne am nächsten Morgen ließ Kiri neuen Mut schöpfen. Sie beschloss, den Reitstall anzurufen, bei dem sie gelegentlich gearbeitet hatte, um nach einem Wochenendjob zu fragen. Das würde Geld für Ben einbringen, und die Eigentümerin, Aggie Vines, konnte ihr vielleicht die Namen der Reitställe bei Ashford nennen. Torebridge war ein kleiner Stall ohne große Anlagen, die ehrgeizige Wettkampfreiter anlocken würden. Aber dort ging es fröhlich zu, und Kiri hatte immer gern dort gearbeitet. Aggie nahm sofort ab.

»Haben Sie vielleicht Arbeit für mich?«

»Du kommst gerade recht«, antwortete Aggie. »Unser Stallmädchen hat uns gerade verlassen, und meine neue Stallmeisterin kann jede Hilfe gebrauchen.«

Ihr Vater umarmte sie, als sie ihm erzählte, wo sie hinwollte. »Ich hoffe, du bekommst den Job«, sagte er mit einem Lächeln. »Aber vergiss nicht, was ich dir über die Schule gesagt habe.«

Mit halsbrecherischer Geschwindigkeit radelte Kiri die acht Kilometer zum Torebridge-Stall. Zwanzig hölzerne Boxen bildeten ein Quadrat neben einem hässlichen Bungalow, Aggies Zuhause. Für das Stallmädchen gab es einen Wohnwagen und für Training und Unterricht einen Außenplatz mit Sandboden. Das Beste an Torebridge war das weitläufige Grundstück – große Koppeln, auf denen die Pferde jeden Tag grasen konnten. An einer Stelle waren Hindernisse für das Springreiten und den Geländeparcours aufgestellt. Kiri schob ihr Fahrrad durch das Tor und war überrascht, als sie einen großen alten Pferdetransporter hinter dem Bungalow entdeckte. Aggie, eine drahtige Frau mit grauem Haar und wettergegerbtem Gesicht, machte eine Geste in die Richtung.

»Der gehört Jen, meiner neuen Stallmeisterin. Sie hat alle möglichen Pläne für den Hof, und wie du siehst, hat sie schon angefangen.«

Aggie hatte recht. Eine Reihe Boxen war bereits abgebeizt worden, und die Türen hatten neue Scharniere und Angeln bekommen. »Reiten gegen Bezahlung kann ich dir nicht anbieten – du müsstest hauptsächlich misten.«

Damit hatte Kiri gerechnet. Die meisten Kunden in Torebridge waren knapp bei Kasse und ritten selbst mit ihren Pferden aus. Ihr blieb dann nur, den Sand auf dem Außenplatz zu rechen und die Boxen auszumisten. Und dann gab es noch den Job, der als Kackesammeln bekannt war – das hieß, man lief mit einer Schaufel und einem Schubkarren über die Wiese und sammelte die Hinterlassenschaften der Pferde ein. Kiri machte das nichts aus. Lieber räumte sie hinter Pferden her als hinter Menschen. Früher hatte Kiri auch einmal Ferienhäuser geputzt, aber das Chaos, das die Urlauber hinterließen, hatte sie einfach nur angewidert.

»Wie viel bezahlen Sie?«, wollte Kiri wissen und dachte dabei an das Geld für Hundefutter.

»Mehr als den Mindestlohn für deine Altersgruppe kann ich mir nicht leisten, aber als kleinen Bonus kannst du Greyling ab und zu reiten.« Greyling war Aggies altes Jagdpferd. Wie seine Besitzerin war er mittlerweile zu eingerostet, um weit oder schnell zu laufen, aber es war besser als nichts.

Kiri begann mit dem Ausmisten. Die erste Box war von einem Pferd belegt, das Kiri noch nie gesehen hatte:

ein schwarzes Vollblut, das, wie Aggie erklärt hatte, der Stallmeisterin gehörte. Das Pferd sah um einiges eleganter aus als die üblichen Untermieter in Torebridge, aber es stand mit angelegten Ohren ganz hinten in der Box und bleckte die Zähne. Kiri legte den Kopf schief und überlegte, was es ihr sagen wollte. Sicher so etwas wie »Raus hier!«. Aber warum? Vielleicht war es in der Vergangenheit schlecht behandelt worden. Langsam ging sie in die Box und sah dem Pferd dabei fest in die Augen. Als es endlich den Blick senkte, drehte sie den Kopf weg, um es zum Näherkommen zu animieren. Das war dieselbe Technik, mit der sie Sunny überzeugt hatte, ihr auf der Koppel zu folgen. Obwohl die Box für richtiges Pferdeflüstern zu klein war, schien sie eine Beziehung hergestellt zu haben. Sie wartete, bis sie den Atem des Tieres im Nacken spürte. In der Hoffnung, dass seine Zähne nicht mehr gebleckt waren, wandte sie sich ihm langsam zu und tätschelte ihm die Schulter. Die Ohren zeigten nun nach vorn, und Kiri verbrachte einige Minuten damit, dem Pferd den Hals zu streicheln und ihm gut zuzureden.

»Gut gemacht. Normalerweise lässt Storm keine Fremden in seine Box.« Ein Mädchen um die fünfundzwanzig mit kurzem honigfarbenem Haar und grauen Augen lehnte an der Stalltür. »Ich bin Jen, die neue Stallmeisterin.« Jen kam in die Box, und Kiri spürte, wie die Spannung von Storm abfiel, als er dem Mädchen eine Karotte aus der Hand nahm.

»Warum heißt er Storm?«

»Weil er gern mit seinem Reiter davonstürmt und ihn in eine Hecke wirft! Ich habe ihn günstig bekommen, weil ich die Einzige war, die sich auf ihm halten konnte. Jetzt kommen wir miteinander klar – meistens jedenfalls. Aber keiner außer mir darf ihn reiten.« Jen zeigte Kiri, welche Boxen ausgemistet werden mussten, und bat sie, den Außenplatz zu rechen. »Wenn du fertig bist, komm in meinen Transporter. Der hat einen Wohnbereich. Dann bekommst du was Warmes zu trinken.«

Drei Stunden später trank Kiri heiße Schokolade und hörte sich Jens Pläne an.

»Dieser Hof könnte so gut laufen, die Lage ist einfach fantastisch. Du kannst dein Pferd am Strand oder im Hügelland auspowern, und wir haben genug Platz für einen Geländeparcours. Ich biete Reitstunden, Dressur und Springreiten an, und Aggie meint, das wird Kunden anlocken, die auch an Wettkampfreiten interessiert sind. Und dann, wenn mehr Geld in die Kassen fließt, können wir umbauen.«

»Ich wüsste jemanden, der vielleicht nach so einem Stall sucht.« Kiri blieb bei ihrem Wagemut fast die Luft weg. »Er heißt William Harding und hat gerade das Pferd von meinem Bruder gekauft.«

»Ich kenne William«, sagte Jen. »Bei einem Vielseitigkeitsturnier letztes Jahr hat er versucht, mich anzubaggern.« Sie lächelte beim Gedanken daran. »Er ist zu jung für mich, aber er ist ein guter Reiter – besonders in der Dressur. Er hat sein Pferd in einem Stall bei Ashford untergestellt, aber er hat mir erzählt, dass es ganz schön weit zu fahren ist.«

»Vielleicht ist er dann ja froh, wenn er sein Pferd hier unterstellen kann.« Der Einfall, William nach Torebridge zu locken, war einfach genial. Bei der Vorstellung, Sunny sehen zu können, wann immer sie wollte, verschlug es Kiri fast den Atem.

»Er meint es ernst mit dem Wettkampfreiten, und sein Vater hat richtig viel Geld. Normalerweise würde ihn so ein kleiner Hof wie Torebridge nicht interessieren. Aber er hat behauptet, dass er Unterricht bei mir nehmen will.« Jens Augen funkelten schelmisch. »Obwohl ich nicht weiß, welche Art von Unterricht er gemeint hat.«

»Frag ihn doch bitte, ob er Sunny hierherbringen will.«

»Das ist ziemlich aussichtslos. Aber wenn er käme und als mein Schüler ein wichtiges Vielseitigkeitsturnier gewänne, würden vielleicht auch andere Reiter ihre Pferde zu uns bringen.« Jen erwachte aus ihren Tagträumen über die Zukunft von Torebridge. »Wie ist sein Pferd denn so?«

»Sunny ist das schönste Pferd auf der Welt: ein feuriger Schecke mit einer langen Luso-Mähne. Er ist halb Lusitano, halb Vollblut. Und er hat Talent – er kann wirklich alles.« Ihr kamen die Tränen, als sie an all die Stunden dachte, die sie damit verbracht hatte, seine Mähne auf Hochglanz zu kämmen.

»Warum wurde er verkauft?«

»Die Firma meines Vaters läuft nicht gut. Und als dann mein Bruder beschlossen hat, in Neuseeland Jockey zu werden …« Kiris Stimme brach. »Dad hat gesagt, wir könnten uns ein Pferd wie ihn nicht mehr leisten.«

Jen beugte sich vor und reichte Kiri ein Taschentuch. »Ihn hier zu haben, könnte schwierig für dich werden. Er ist jetzt Williams Pferd, und das musst du akzeptieren.«

»Damit komme ich klar. Solange ich ihn jedes Wochenende sehen und mich um ihn kümmern kann.«

»Hm. William hat den Ruf, kompliziert zu sein. Dass er sein Pferd herbringt, ist unwahrscheinlich, um ehrlich zu sein. Aber wenn doch, hoffe ich, dass du es nicht bereust.«

Kiri war vor Aufregung ganz schwummrig, als sie nach Hause radelte. Sie hatte herausgefunden, wo Sunny war, und ihr Bauchgefühl sagte ihr, dass sie gute Chancen hatte, ihn zurück ins Moor zu holen. Jens letzter

Kommentar über William warf zwar einen Schatten auf ihre gute Laune, aber selbst wenn er kompliziert war, was machte das schon? Ihr war es egal, ob William unhöflich oder jähzornig war. Alles, was sie sich wünschte, war, Sunny in die Arme schließen zu können.

Sundancer warf sich mit aller Wucht gegen die Boxentür, die aber keinen Zentimeter nachgab. Wütend, dass seine Kraft nicht ausreichte, biss er in die Tür und rüttelte daran, aber seine Zähne schabten über Metall, und seine Zunge schmeckte eine bittere Tinktur, mit der es bestrichen war. Gift! Er sprang zurück und kauerte sich zitternd und mit bebenden Nüstern an die hintere Wand. Neben ihm hing ein Netz voll süßem Heu, aber bis er aus diesem Gefängnis entkam, würde er nichts essen. Regelmäßig brachten ihm die Menschen hier Futter und Wasser, und jeden Tag wurde er in der Halle trainiert. Aber was nutzte es ihm, in einem Gebäude sinnlos Kreise zu drehen? Er sehnte sich nach dem Salzgeruch über dem Moor und nach Wellen, die seine Beine umspülten. Aber mehr als alles andere vermisste er sie. Die eine, die sanft, aber bestimmt war. Die eine, die ihn verstand.

Kapitel 12

Zurück in der Schule, platzte Kiri regelrecht vor Neuigkeiten über Ben, ihren neuen Job und ihren raffinierten Plan, Sunny nach Torebridge zu bringen. Sie freute sich so darauf, Roxana alles zu erzählen, dass sie ihren Streit ganz vergessen hatte. Aber als sie sah, wie ihre Freundin sich abwandte, erinnerte sie sich.

»Das letzte Woche tut mir leid«, entschuldigte sie sich. »Ich war so dumm. Lass uns das bitte vergessen, weil ich dir so viel erzählen muss.«

Lange konnte Roxana nicht widerstehen, und bald redeten und lachten sie wieder miteinander.

»Die Ferienhäuser waren diese Woche so verdreckt«, schimpfte Roxana. »Du kannst dir nicht vorstellen, wie eines der Badezimmer aussah. Ekelhaft.«

»Schlimmer als Kackesammeln«, grinste Kiri.

Und so fingen die Probleme an. Tanya hatte sich hinter sie geschlichen und das ganze Gespräch belauscht. Bald lachte sich die ganze Klasse über Kiris neuen Job schief. Sie hielten sich die Nase zu, wenn Kiri in die Nähe kam, und verspotteten sie auch im Unterricht.

»Sammelt Informationen zu einem Theorem eurer Wahl«, sagte der Mathelehrer zur Klasse. »Wir stellen dann einen Zusammenhang zum echten Leben her.«

Darauf folgte die übliche Stille, bis Tanya von hinten rief: »Kiri kann gut sammeln!« Die ganze Klasse brach in Gelächter aus. Kiris Gesicht glühte, aber als der Lehrer sie später zur Seite nahm und fragte, ob sie gemobbt würde, schüttelte sie den Kopf.

»Mir geht's gut, danke.«

»Mein Cousin Anton kann die Jungs aus der letzten Reihe verprügeln«, rief Roxana aufgebracht. Sie wollte ihre Freundin unbedingt verteidigen.

»Dann landet ihr beide im Gefängnis! Ich muss einfach nur abwarten, bis es denen langweilig wird.«

Was die ganze Woche dauerte. Am Freitag war Kiri erleichtert wie noch nie, dass sie die Woche überstanden hatte. Und heute würde sie auch eine Nachricht vom Tierheim erhalten. Aber daheim angekommen, lief nichts nach Plan. Ihr Vater schrieb ihr eine SMS, dass er später kommen würde, und anstelle seines Wagens stand Stephs Cabrio in der Einfahrt.

»Hallo«, sagte Kiri in einem Tonfall, der eher nach »Tschüss« klang.

»Ich hatte gehofft, Jim zu treffen«, erklärte Steph.

»Er kommt erst abends. Weiß nicht, wann genau.«

Eine unbehagliche Stille folgte. Kiri wusste, sie müsste nun einen Kaffee anbieten, aber eigentlich wollte sie, dass Steph ging, bevor ihr Vater heimkam. Sie würde ihn beschützen. Offensichtlich war Steph gegangen, weil er kein Geld mehr für sie ausgeben konnte. Die Worte »gemeine Kuh« lagen ihr auf der Zunge.

»Das mit Sunny tut mir leid«, sagte Steph. »Ich habe gehört, dass er verkauft worden ist, und das war bestimmt schrecklich für dich.«

»Stimmt. Aber was willst du dagegen tun?« Kiri konnte die Feindseligkeit in ihrer Stimme nicht verbergen.

»Du magst mich nicht besonders, oder?«, sagte Steph traurig. »Dann gehe ich wohl lieber wieder. Sag Jim, dass ich vorbeigeschaut habe. Ich bin geschäftlich seit ein paar Tagen in der Gegend. Morgen fliege ich wieder zurück nach New York. Wenn er mich heute Abend anrufen will, ich bin in meinem üblichen Hotel.«

Als sie fort war, fühlte sich Kiri schuldig, besonders weil eine Viertelstunde später ihr Vater auftauchte.

»Hast du im Tierheim angerufen?«, fragte Kiri, sobald er am Küchentisch Platz genommen hatte.

»Ja, er gehört dir.«

Kiri fiel ihm in die Arme. »Danke, Dad. Super! Kann Roxana mitkommen, wenn wir ihn abholen, und dann bei uns übernachten?«

»Natürlich.«

Als Kiri ihm von Steph erzählte, versteinerte sich seine Miene.

»Sie meinte, du kannst sie im Hotel anrufen.«

»Ich denke darüber nach.«

»Sie hätte dich nicht einfach im Stich lassen dürfen.«

Verdutzt sah ihr Vater auf. »Wie kommst du darauf? Ich habe die Beziehung beendet. Steph wollte etwas von ihrem Geld in mein Unternehmen stecken, und das konnte ich nicht zulassen. Sie lässt sich gerade von einem Mann scheiden, der sie um ihr Geld gebracht hat. Das Letzte, was sie jetzt braucht, ist noch ein Kerl, der am Rande der Insolvenz steht. Bis ich wieder auf eigenen Beinen stehe, lasse ich mich auf keine Beziehung mit ihr ein.«

Kiri fühlte sich furchtbar. Sie hatte die Situation völlig missverstanden. Jetzt tat Steph ihr leid, besonders, weil sie so gemein zu ihr gewesen war.

Am nächsten Morgen holten sie Roxana ab und fuhren zum Tierheim. Dort mussten sie lange warten, während ihr Vater Formulare ausfüllte, und dann musste er auch noch hundert Pfund bezahlen.

»Das kostet aber viel.« Kiri fragte sich, wie viele Wochenenden sie Kacke sammeln musste, um das zurückzuzahlen.

»Das ist ein Geschenk«, sagte ihr Vater. »Ein Lächeln auf deinem Gesicht zu sehen, ist jeden Preis wert.«

Und sie strahlte über das ganze Gesicht, als Ben ins Büro stürmte und mit wedelndem Schwanz auf Kiri zusprang. Sie hielt seinen Kopf fest und ließ ihn ihre Nase ablecken.

»Du weinst ja!«, rief Roxana vorwurfsvoll.

»Nur weil ich mich so freue.«

Nach einem kurzen Stopp in der Tierhandlung, wo sie Halsband und Leine kauften, fuhren sie zur Walland Farm und gaben Ben seine erste Unterrichtsstunde. Auf dem Programm stand, auf Kommando zu kommen. An einem langen Seil ließen Kiri und Roxana ihn auf der kleinen Koppel laufen und riefen seinen Namen. Wenn er dem keine Beachtung schenkte, ruckten sie an der Leine, bis er kam, und dann wurde er mit einem Leckerli belohnt. Wenn er sofort und ohne Ermahnung kam, gab es zwei Leckerlis. Außerdem wurde er mit Lob und Streicheleinheiten überschüttet. Nach ein paar Versuchen hatte er es kapiert und heimste immer mehr Leckerlis ein.

»Collies lernen schnell«, sagte Kiri stolz.

Roxana war beim Training recht ruhig gewesen. Erst wollte Kiri nicht fragen, was los war, aber sie musste gleich los nach Torebridge.

»Was hast du denn?«

»Ich hätte so gern auch einen Hund, aber im Ferienpark sind Haustiere nicht erlaubt.«

Kiri nahm die Hand ihrer Freundin in ihre. »Eines Tages kannst du einen Hund haben, aber bis dahin teilen wir uns Ben. Er liebt dich doch genauso wie mich.«

Roxana rang sich ein zaghaftes Lächeln ab, aber als Kiri fragte, ob sie am Nachmittag auf Ben aufpassen könnte, lachte sie wieder fröhlich. »Ich werfe ihm Bälle zu, und dann kann er bei mir sitzen, wenn ich Hausaufgaben mache.«

Kiri machte sich auf den Weg zum Reitstall. Unter der Woche hatte sie nicht angerufen, weil es noch zu früh war, um auf Williams Ankunft zu hoffen. Außerdem hatte sie Angst, dass er die Idee schon verworfen hatte.

Als sie ankam, waren weder Aggie noch Jen zu sehen, also lehnte sie ihr Rad gegen eine Wand und lief in den Hof, wo das schönste Geräusch der Welt sie in Erstaunen versetzte: das »Guten Morgen«-Wiehern, das sie die letzten sechs Jahre jeden Tag gehört hatte.

Einen Augenblick lang erstarrte sie ungläubig. Dann rannte sie über den Hof und fiel Sunny um den Hals, der an der Stallwand angebunden war. Er rieb seinen Kopf an ihrer Jacke und schnaubte leise, so wie er es immer getan hatte, wenn sie von der Schule kam. Sie ging mit ihm in den Stall und nahm ihm die Decke ab, um zu sehen, wie es ihm ging. Sein Fell glänzte, als wäre es poliert worden, aber sie war schockiert darüber, wie viel Gewicht er verloren hatte. Er war nie dick gewesen, aber jetzt war er spindeldürr.

»Sunny, was haben sie dir angetan?« Kiri entdeckte ein Netz mit Qualitätsheu an der Wand. Es war unangetastet. Und die Krippe war zur Hälfte mit Kraftfutter gefüllt. »Warum isst du nichts?« Sie fuhr ihm mit der Hand über den Rücken und spürte, wie angespannt er war. Draußen an der Box hing ein Striegel an einem Nagel. Kiri holte ihn und begann Sunny sanft und langsam zu striegeln. Sein Fell hatte das nicht nötig, aber sie hoffte, dass die vertrauten Berührungen ihn so weit entspannen würden, dass er fressen konnte. Nach zehn Minuten schnaubte er und ging durch die Box zum Heu. Erst schnupperte er nur. Dann zog er sich ein Maulvoll aus dem Netz und schob es im Mund hin und her, als hätte er vergessen, wie Heu schmeckt. Und dann schlang er es hinunter, als hätte er wochenlang nichts gefressen. So, wie er aussah, dachte Kiri, stimmte das wahrscheinlich auch. Obwohl sie mit ihrer Arbeit schon jetzt im Hintertreffen war, hörte sie nicht auf, ihn zu striegeln, damit er weiterfraß.

»Mach ruhig weiter.« Jen lehnte sich über die Boxentür. »Seit er hier angekommen ist, sehe ich ihn zum ersten Mal richtig fressen. Und meinen wichtigsten Kunden am Leben zu halten, ist wichtiger als Ausmisten.« Eine Viertelstunde später glaubte Kiri, dass Sunny entspannt genug wäre, um allein weiterzufressen. Sie schlüpfte aus der Box und begann damit, frisches Heu zu den anderen Boxenreihen zu schleppen.

Jen kam ihr zu Hilfe. »Hat er früher schon mal aufgehört zu fressen?«

»Nie«, antwortete Kiri.

»In Ashford war es dasselbe, haben sie erzählt, und hier ist es auch nicht besser geworden. Langsam mache ich mir Sorgen.«

»Vielleicht ist er nur nervös, weil er zu lange in der Box war. Wie lange am Tag darf er denn auf die Koppel?«

»Gar nicht.«

»*Gar nicht?* Das ist grausam!«

»Na ja, ich muss zugeben, dass ich es auch nicht mag, Pferde die ganze Zeit einzusperren. Besonders kein so sensibles Pferd wie Sunny.« Jen biss sich auf die Lippe. »Aber William besteht darauf, dass wir es so machen. Er denkt, es ist zu gefährlich, ein wertvolles Pferd wie ihn einfach auf der Wiese herumstreunen zu lassen. Er hat Angst, dass ein anderes Pferd ihn tritt oder er sich an einem Zaun verletzt.«

»Kannst du ihn nicht rauslassen, wenn William weg ist?«

»Ich kann einen Kunden nicht hintergehen. Aber ich rede noch mal mit ihm.«

Als Kiri die zweite Reihe Boxen fertig gemacht hatte, schaute sie nach Sunny und fand Jen bei ihm, die ihn sattelte. »Kann ich zusehen, wenn du reitest?«

»Ich reite nicht. William hat eine Reitstunde.« Sie sah auf ihre Uhr. »Seit etwa zehn Minuten.«

»Und er lässt sich sein Pferd satteln!« Kiri konnte sich kaum vorstellen, wie jemand so faul sein konnte.

»Wenn ich ihm das Gefühl gebe, ein wichtiger Kunde zu sein, steht er vielleicht Vorschlägen meinerseits offener gegenüber.«

»Kann ich zusehen?«

»Besser nicht – wenigstens nicht offensichtlich. Vor Publikum kann er recht forsch sein. Aber wenn du mit den Boxen am Außenplatz weitermachst, bekommst du etwas mit.«

Kiri arbeitete schnell, mistete die alte Einstreu aus und holte neue Strohballen. Es war gutes, frisches Stroh. An der Qualität von Futter und Einstreu hatte Aggie nie gespart. Deshalb machte sie auch ein Verlustgeschäft.

Kreischende Bremsen kündigten Williams Ankunft an, und kurz darauf kam er auf den Hof. Er war ein gut aussehender Junge mit blondem Haar und grauen Augen. Vielleicht war er ein Jahr jünger als Eddie, aber er war größer und breitschultrig. Jen schenkte er ein schiefes Lächeln. »Sorry, ich bin zu spät.«

Als er Sunny auf den Außenplatz ritt, erkannte Kiri sofort, dass es sich bei ihm um einen Profi handelte. Er saß tief im Sattel, die Beine eng um Sunnys Flanken geschlossen. Die Hände hielt er ruhig, so ließ er dem Pferd am Kopf Freiheit und erzeugte den Antrieb aus der Hinterhand. Kiri hatte Sunny noch nie so kraftvoll und anmutig gesehen wie jetzt im starken Trab. Und die

Traversale – eine Übung der Dressur, bei der das Pferd in einer Diagonale über den Platz schwebt – war wie Ballett. Die Arbeit war schnell vergessen, als Kiri diese Partnerschaft zwischen Pferd und Reiter zu Gesicht bekam, von der sie noch nicht einmal zu träumen gewagt hätte. Eddie war ein guter Reiter, aber eine Dressur wie diese ging über seine Fähigkeiten. Und sie selbst befand sich in dieser Hinsicht nicht einmal auf demselben Planeten wie William. Plötzlich bezweifelte sie, dass ihr Plan, Sunny nach Hause zu holen, das Beste für ihn wäre. Vielleicht passte er besser zu einem so tollen Reiter wie William.

»Ich hätte gern ein paar Hindernisse«, sagte William. »Mal sehen, wie er springt.«

»Kiri! Hilf mir bitte, einen Parcours aufzubauen«, bat Jen. Sie trugen die Plastikstangen auf den Außenplatz und stellten sie in regelmäßigen Abständen auf. Das war eine Übung, bei der präzises Springen gefragt war.

William drehte eine Runde auf dem Platz und ritt im Trab auf die Hindernisse zu. Sunnys Ohren waren gespitzt und sein Blick auf die Hürden geheftet, und er übersprang sie mit sichtlicher Freude. Jen änderte mehrmals die Höhe der Hindernisse und den Abstand zwischen ihnen und forderte William auf, die Übung zu wiederholen.

»Genug davon«, unterbrach William schließlich. »Bau mir ein richtiges Hindernis.« Von dem Wort »bitte« hatte er wohl noch nichts gehört.

Kiri fing an, einen Oxer zu bauen – ein Hindernis, das so breit wie hoch war.

»Nicht zu groß«, schritt Jen ein. »Die beiden trainieren erst seit Kurzem, und wir müssen das Vertrauen langsam aufbauen.«

»Er kann noch viel mehr«, antwortete Kiri, ohne nachzudenken.

»Was weißt du denn schon?«, schnauzte William sie an. »Du wirst fürs Ausmisten bezahlt. Nicht dafür, das Training eines wertvollen Wettkampfpferdes zu stören.«

Kiri wollte gerade den Mund öffnen und ihm klarmachen, wie viel sie von Sunnys Springkünsten wusste, als Jen einschritt.

»William hat recht, Kiri. Ich bin die Trainerin, und du kannst mit deiner Arbeit weitermachen. Die Weißdornkoppel muss noch gesäubert werden.«

Mit brennendem Gesicht ging Kiri vom Platz, schnappte sich einen Schubkarren und lief auf die Weißdornsträucher in der Ferne zu. Die Wiese war vom Außenplatz so weit entfernt, wie es innerhalb der Grenzen von Torebridge nur möglich war. Jen hatte sie mit voller Absicht dorthin geschickt, um sie loszuwerden. Und William war mehr als forsch – er war einfach nur unhöflich. Jen hatte sich hinter ihn gestellt! Kiri interessierte es nicht mehr, wie gut er reiten konnte – Sunny verdiente er nicht. Es würde ihm recht geschehen, wenn sie den Schubkarren auf seinem protzigen Auto ausleerte und den Job hinschmiss. Dann konnten er und Jen angekrochen kommen und um Hilfe bitten, wenn sie mit Sunny nicht klarkamen.

Kapitel 13

Als Kiri das Fahrrad ihrer Mutter ansah – einen altmodischen Drahtesel mit einer gebogenen Lenkstange und einem großen Weidenkorb vorn –, stiegen ihr Tränen in die Augen. Sie hatte ihre Mutter oft beobachtet, wie sie sich damit auf den Weg ins Moor machte, den Korb voller Farben und Skizzenbücher. Ihr Vater hatte es aus dem Gartenhäuschen geholt und pumpte nun die Reifen auf.

»Sylvia hat dieses alte Rad geliebt«, seufzte er. »Ich will nicht, dass es auf dem Müll landet. Und wenn ich es ein bisschen herrichte, könnt ihr zusammen Rad fahren.«

»Das ist für mich?« Roxanas Gesicht erhellte sich, aber sie blickte schnell zu Kiri. »Macht dir das wirklich nichts aus?« Sie wusste, wie besitzergreifend Kiri mit den Sachen ihrer Mutter sein konnte.

»Sie würde wollen, dass du es bekommst.« Das meinte Kiri auch so. Sie war sich sicher, dass ihre Mutter ihre neue Freundin gemocht hätte – so stark und dabei so sensibel, wie sie war.

Nach einem schnellen Frühstück und ein paar Übungsrunden mit dem Fahrrad auf dem Rasen brachen sie in Richtung Torebridge auf.

»Ich dachte, du wolltest da nicht mehr hin, weil William so unhöflich war.«

»Stimmt. Aber ich kann Sunny nicht allein lassen.«

Kiri fuhr voran, gefolgt von einer schwankenden Roxana und einem aufgeregten Ben. Als sie auf den Kies vor dem Bungalow schlitterten, warf Aggie gerade Bälle für ihren Terrier Fiver. Ben raste hinzu und klaute ihm den Ball, bis Roxana dazwischenging.

»Das ist meine Freundin Roxana«, stellte Kiri sie vor. »Ich wollte ihr Sunny zeigen, auch wenn sie sich mit Pferden nicht so auskennt.«

»Aber mit Hunden kann sie offensichtlich gut.« Aggie nickte Roxana zu. »Sie kann die beiden spazieren führen, während du arbeitest.«

Kiri nahm Roxana zu den Boxen mit und freute sich, als sie Sunnys Wiehern hörte.

»Er ist wunderschön«, flüsterte Roxana. »Kann ich ihn anfassen?«

»Natürlich. Er mag es, wenn man ihm über den Kopf streichelt. So.«

Als Roxana sich aufmachte, um mit den Hunden zu gehen, begann Kiri mit dem Ausmisten. Sie war immer noch wütend auf Jen, und jedes Mal wenn sie an William dachte, rammte sie die Heugabel so tief ins Stroh, dass sie sich ihre Schulter stauchte.

»Wenn du mit den Boxen fertig bist, komm und hilf mir auf dem Außenplatz.« Jens Stimme war freundlich, als wäre ihr gar nicht klar, welchen Zorn sie entfacht hatte.

Kiri ließ sich Zeit. Wenn es nach ihr ginge, könnte der Platz so bleiben, wie er war. Aber als sie sich schließlich auf den Weg dorthin machte, musste er gar nicht gerecht werden. Jen longierte ein Welsh-Pony. Die hübsche Graue mit dem schönen Gesicht umkreiste Jen gehorsam an der Longe.

»Lass dich nicht von Maisies Aussehen täuschen«, warnte Jen sie. »Das engelhafte Gesicht hält sie nicht davon ab, ihre junge Besitzerin abzuwerfen.« Wie auf Befehl trat das Pony mit den Hinterbeinen aus. »Ich bin zu schwer, um sie zu reiten, aber du bist leicht genug, um sie wieder hinzukriegen.«

Kiri freute sich so über die Herausforderung, dass sie ganz vergaß, sich wegen William zu ärgern. Sie saß auf, ließ Maisie Achten laufen und hielt sie in einem stabilen Trab. Und immer wenn das Pony sich zum Buckeln bereit machte, trieb sie es voran.

»Besser?«

»Viel besser. Wenn du ihr regelmäßig zeigst, dass sie gehorchen muss, stehen die Chancen gut, dass sie sich auch bei ihrer achtjährigen Besitzerin benimmt.« Jen folgte ihr in die Box, wo Kiri Maisie eine Decke auflegte. »Du bist eine gute Reiterin, Kiri. Du scheinst den Dreh rauszuhaben. Du verstehst das Pferd, lässt es dabei aber nicht zu frech werden. Vielleicht kann ich dir noch mehr solche Ritte besorgen.«

»Kann ich Sunny reiten?«

»Nein!«, bellte Jen verärgert. »Ich weiß, es ist schwer, aber du musst dich von Sunny fernhalten und darfst dich nicht ins Training einmischen. Die Beziehung zwischen Reiter und Trainer ist etwas Besonderes, vielleicht erfährst du das eines Tages selbst. Da kannst du nicht dazwischenfunken.«

»Nicht einmal, wenn ich etwas Nützliches wüsste?«

»Ganz besonders dann nicht. Wie ich schon sagte, William ist ein schwieriger Kunde. Jetzt umso mehr, wo ich ihm gesagt habe, dass Sunny deinem Bruder gehört hat. Wenn du hier weiterhin arbeiten willst, musst du, um unser beider Willen, stillhalten. Ich brauche William als Kunden, und du willst sein Pferd sehen. Ich habe dich gewarnt, dass es nicht leicht wird.«

Zögerlich stimmte Kiri zu. »Frisst Sunny jetzt besser?«, fragte sie.

»Ja. William lässt ihn jetzt täglich auf die Weide, und das verdanke ich dir.«

Später an dem Tag kam William in Begleitung seines

Vaters Grant, der mit eiserner Miene beobachtete, wie sein Sohn eine elegante Vorführung von Sunnys Gangarten gab. Ohne ein Wort des Lobs für Williams Dressurkünste wollte er das Pferd springen sehen. Als Jen ein recht großes Hindernis aufstellte, bemerkte Kiri, wie sich Williams Hände anspannten. Sunny berührte die oberste Stange, die zu Boden kullerte.

»Achtlos«, brummte Grant. »Wenn ich all das Geld in deine Wettkampfkarriere stecken soll, musst du besser werden.«

Als William mit finsterem Gesicht abstieg, hatte Kiri fast Mitleid. So ein Vater würde jeden unhöflich machen – kein Wunder, dass William so schwierig war.

Nach der Arbeit fand Kiri Roxana im Bungalow.

»Deine Freundin hat mir vorgelesen«, erklärte Aggie. »Meine Augen sind auch nicht mehr das, was sie mal waren, und es hat mich sehr gefreut. Du kommst doch nächste Woche wieder, oder?«

»Sie hat mich fürs Lesen bezahlt!«, rief Roxana, als sie losfuhren. »Nicht viel, aber Lesen ist auf jeden Fall besser als Putzen.«

Für den Heimweg wählte Kiri eine andere Strecke.

»Warum hier lang?«, fragte Roxana.

»Ich will dir einen von Mums Lieblingsplätzen zeigen.«

Mit fliegenden Haaren rasten sie am Damm entlang, und Ben bellte fröhlich hinter ihnen. Dann bogen sie um eine Kurve, und da war es: eine kleine, uralte Kirche mitten im Nirgendwo des Moors. Grasende Schafe liefen bis an ihre Mauern über eine von Bächen durchzogene Landschaft.

»Wie sind die Leute hierhergekommen?«, fragte Roxana.

»Zu Fuß, schätze ich, oder mit Pferden. Mum hat es

hier gefallen, wegen der Geister, wie sie es genannt hat: die Menschen aus dem Dorf, das einmal hier gewesen sein muss. Sie hat ein Bild davon gemalt, wie es hier ausgesehen haben könnte.«

»Was hat sie sonst noch gemalt?«

»Hauptsächlich das Moor, aber nicht nur die schönen Seiten. Sie hat auch gern die hässlichen Sachen gemalt, wie die Masten oder das Kraftwerk in Dungeness.«

Ben winselte nach seinem Abendessen, und so radelten sie zurück zur Walland Farm, wo Kiris Vater im Wohnzimmer ein Feuer entfacht hatte. »Ich habe noch eine Überraschung für dich.« Er lächelte und führte sie in Kiris Zimmer.

Kiri öffnete die Tür und holte tief Luft. Das elegante Schlafsofa mit dem blau lackierten schmiedeeisernen Rahmen aus dem Atelier ihrer Mutter stand dort, von einer indischen Tagesdecke eingehüllt.

»Ein Sofa für dich und für Roxana ein Bett, wenn sie zu Besuch ist.«

»Es ist wunderschön«, meinte Roxana. »Aber wenn es deiner Mutter gehört hat, willst dann nicht du darin schlafen, Kiri?«

»Nein, es ist für dich.« Kiri war selbst überrascht, dass es ihr nichts ausmachte. Seit der Beerdigung hatte sie immer Angst gehabt, das Atelier zu betreten. Es rief einfach zu viele schmerzvolle Erinnerungen an ihre Mutter in ihr wach, wie sie an der Staffelei stand oder mit einem Buch auf dem Sofa lag. Aber jetzt stand es in ihrem Zimmer, es behielt die Erinnerungen, aber neues Leben wurde ihm eingehaucht.

Nach dem Abendessen brach ihr Vater nach Liverpool auf, und Marina kam zum Übernachten auf die Walland Farm. Die Mädchen nahmen Ben mit ins Schlafzimmer und unterhielten sich noch bis spät in die Nacht.

»Wie viel würde es kosten, ihn zu kaufen?«

»Tausende von Pfund. Falls William ihn verkauft.«

»Wir gewinnen im Lotto und machen ihm ein Angebot, das er nicht ausschlagen kann.«

»Oder wir entdecken einen Schatz in den verlorenen Dörfern im Moor.«

»Wenn wir einen Metalldetektor hätten …«

Roxana schlief ein, aber in Kiris Kopf schwirrten noch eine Menge Ideen herum, wie sie an Geld kommen konnte. Das bisschen, was sie beim Reitstall verdiente, würde nie reichen, um ein so wertvolles Wettkampfpferd zu kaufen, und ihren Vater konnte sie auch nicht um Geld bitten. Tiefe Sorgenfalten hatten sein Gesicht gezeichnet, als er nach Liverpool gefahren war. Vielleicht würde Eddie ein großes Rennen gewinnen und alle ihre Probleme lösen. Und Schweine lernten fliegen …

Eigentlich war sich Kiri sicher, dass Sunnys Zukunft allein in ihrer Hand lag. Sie beugte sich über die Bettkante und streichelte Ben, der mit dem Schwanz auf den Teppich klopfte.

»Gegen jede Wahrscheinlichkeit habe ich dich gerettet. Und jetzt machen du und ich dasselbe mit Sunny.«

Kapitel 14

Es war nicht Kiris Schuld, dass William im Krankenhaus landete. Als Jen sie gebeten hatte, sich von Williams Trainingsstunden fernzuhalten, machte sie sich rar, wenn er auftauchte. Sie säuberte die Koppeln am anderen Ende von Torebridge oder ritt mit Maisie aus. Maisies Reiterin und ihre Mutter waren vom Fortschritt des Ponys begeistert und bezahlten sie für zwei Ausritte oder Trainingseinheiten pro Woche.

»Ich hab's ja gesagt«, meinte Jen. »Du hast diese Fähigkeit, eine Verbindung zu Tieren herzustellen. Seit du Maisie reitest, ist sie ein völlig anderes Pony.«

Und Kiri bekam noch andere Reitgelegenheiten. Hin und wieder ritt sie mit Greyling aus, damit seine Gelenke nicht zu steif wurden, und einem anderen Pferd sollte sie das Springen beibringen. Kiri fragte sich, ob sie eines Tages eine Trainerin wie Jen werden könnte, aber dafür müsste sie sich zuerst einen Namen als Wettkampfreiterin machen. Und wie sollte sie das bewerkstelligen, wo sie doch nicht einmal ein eigenes Pferd hatte?

Die Probleme begannen in den Ferien, als die Mädchen jeden Tag zum Reitstall fuhren. Kiri arbeitete auf dem Hof, Roxana half Aggie mit dem Hund oder las ihr vor. Auch William hatte eine Woche vom College frei, wo er für sein internationales Abitur paukte. Die meiste Zeit konzentrierte er sich auf die Dressurarbeit, und Kiri, die ab und an einen Blick aus der Ferne erhaschte, war immer wieder verblüfft, wie Sunny auf einen so fähigen Reiter reagierte.

Am Ende der Woche beschloss William, das Springen in Angriff zu nehmen, und ließ Kiri die Hindernisse aufstellen. »Du sollst nicht so schwer tragen müssen«, erklärte er Jen mit einem Lächeln. Kiri vermutete, dass noch etwas anderes dahintersteckte, als Jen Arbeit zu ersparen. Zweifellos wollte er vor ihr damit angeben, wie viel besser Sunny nun sprang.

Sie trug die Hindernisständer und -stangen auf den Platz, und Jen bat Kiri, eine dreifache Kombination aus zwei kleinen Hindernissen und einem großen Oxer aufzustellen. Der Gedanke dahinter war, dass die kleineren Hindernisse sicherstellen sollten, dass Sundancer im richtigen Abstand beim Oxer ankam. Die ersten Runden liefen gut, und langsam scharte sich ein Publikum um den Starreiter des Stalls. Auch Aggie und Roxana gesellten sich dazu.

William wollte nun ohne die kleinen Hindernisse springen, und nach dem Okay von Jen räumte Kiri sie weg. Er erreichte den Oxer im richtigen Rhythmus, aber er hielt die Hände auf Spannung. Sunny berührte eine Stange mit den Hinterbeinen, und William landete auf dem Vorderzwiesel des Sattels. Beim nächsten Versuch überhastete William den Anlauf, und zwei Stangen fielen zu Boden.

»Achtloses Vieh!«, knurrte William und schlug Sunny mit der Gerte hart auf die Schulter. Sunny hatte so etwas noch nie zuvor erlebt. Er legte die Ohren an, und der Schweiß tropfte ihm vom Hals.

»Machen wir eine Pause«, sagte Jen schnell, aber William hörte nicht. Zum dritten Mal galoppierte er auf das Hindernis zu, diesmal noch schneller als zuvor, und als Sunny plötzlich stehen blieb, drosch er ihm mit der Gerte auf die Hinterhand.

Kiri fühlte den Schmerz, als würde sie selbst

geschlagen. Sie blickte in Sunnys panische Augen und wusste, dass sie etwas tun musste. Ihre Hände schlossen sich um den Klicker in ihrer Tasche – sie hatte am Morgen mit Ben trainiert –, und sie drückte darauf. Verstehen leuchtete in Sunnys Blick auf, und er stieg sofort in die klassische Levade und ließ William in den Sand purzeln.

»Gut gemacht, Sunny«, flüsterte Kiri. »Jetzt muss William aufhören.«

Aber das tat er nicht. Unverletzt bis auf seine angeknackste Würde, stieg William gleich wieder in den Sattel und ritt erneut auf das Hindernis zu. Aber Sunny hatte genug. Von Kiris Klicker hatte er gelernt, dass er einen Reiter, den er nicht mochte, loswerden konnte. Und so übersprang er das Hindernis, buckelte wild und galoppierte geradewegs auf die Absperrung des Außenplatzes zu.

Kiris Herzschlag setzte aus. Die Absperrung war zu hoch. Aber Sunny nahm alle Kraft zusammen, und mit enormer Anstrengung überwand er den Zaun. Ohne William. Schon vom Buckeln aus dem Gleichgewicht gebracht, warf ihn der gewaltige Sprung vollends aus dem Sattel, und mit einem dumpfen Aufschlag knallte er auf den Boden. Alles lief wie in Zeitlupe ab. Jen rannte zu William, Aggie rief den Krankenwagen, und Sunny raste aus dem Hoftor und galoppierte davon.

Kiri rannte hinzu, um zu sehen, ob sie helfen konnte. William war bewusstlos, und sein Arm war seltsam abgewinkelt. Jen kontrollierte seine Atmung und seinen Puls, während Aggie der Ambulanz eine Wegbeschreibung durchgab und Roxana eine Decke aus dem Haus holte.

»Ich bleibe bei ihm, bis der Krankenwagen da ist«, sagte Jen zu Kiri. »Hier kannst du nichts tun, geh und such Sunny.«

Kiri stürmte mit Ben an ihrer Seite aus dem Hof und folgte den Hufspuren, die ins Moor führten. Sunny hatte einen großen Vorsprung, und auch wenn er nicht mehr galoppierte, hörte Kiri an dem gleichmäßigen Hufschlag, dass er nicht in der Stimmung war, stehen zu bleiben und zu warten. Das könnte eine lange Verfolgungsjagd werden. Kiri benutzte die Lauftechnik, die sie beim Geländelauf in ihrer alten Schule gelernt hatte. So konnte sie die Geschwindigkeit kilometerlang halten, und wenn sie die Spur verlor, würde Ben ihr den Weg zeigen.

Fast zwei Kilometer weit verliefen die Hufspuren auf einem Damm, dann verloren sie sich. Ben versuchte, Witterung aufzunehmen, als Kiri einen Abdruck unterhalb des Damms entdeckte. Sie kletterte hinunter, um ihn näher zu begutachten. Sunny war wohl von dem Damm gesprungen und hatte hinter einigen Weißdornsträuchern kehrtgemacht. Warum hatte er das nur getan? Und plötzlich wusste sie es: Er war auf dem Weg nach Hause, zur Walland Farm. Der Gedanke daran, wie Sunny zu dem Ort flüchtete, an dem er immer geliebt worden war, brach ihr fast das Herz. Was sollte sie tun, wenn sie ihn fand? Ihn zu William zurückbringen? Sie rannte schneller und hoffte, ihn zu erreichen, bevor er Zuflucht in seiner alten Box in der Scheune fand. Endlich entdeckte sie ihn auf dem Pfad vor der Walland Farm. Er streckte den Kopf über den Zaun und schnupperte liebevoll an seinem alten Freund Mouse.

Kiri vergrub ihr Gesicht in Sunnys Mähne und weinte. Es war schrecklich, ihn zurückbringen zu müssen, aber sie hatte keine Wahl. Wenn sie ihn hier versteckte, würde er sofort gefunden werden, und sie würde ihn nie wiedersehen. Sie knotete die gerissenen Zügel zusammen und stieg auf. Ein langer und trauriger Ritt zurück nach Torebridge stand ihr bevor.

Bald näherte sich die Wintersonne dem Horizont, und ihre glutroten Strahlen verwandelten die Wassergräben in Lavaströme. Ein Schwan glitt auf dem Wasser neben dem Reitweg entlang, und ein Sumpfhuhn flatterte mit einem aufgeregten Quaken ins Schilf.

Plötzlich knurrte Ben, und Sunny blieb wie angewurzelt stehen. Kiri spähte in die Dunkelheit, um zu sehen, was die beiden erschreckt hatte. Sie entdeckte ein kleines Tier, das den Weg überquerte. Ein Dachs! Kurz sah sie sein gestreiftes Gesicht, als er sich zu ihnen umdrehte, bevor er ins Unterholz weitertrippelte.

Nie war die Magie des Moors größer als an Winterabenden, und am liebsten wäre Kiri mit Sunny für immer hiergeblieben. Sie kamen an einem der kleinen Backsteinunterstände vorbei, die vor Hunderten von Jahren für die Hüter gebaut worden waren – Hirten, die nach den Schafherden im Moor sahen –, und Kiri stellte sich vor, wie sie Ben und Sunny hineinführte. Es war gerade genug Platz für sie drei, um es sich für die Nacht bequem zu machen. Wie sie sich wünschte, dass das Geräusch von raschelndem Stroh und das Scharren von Hufen auf der Erde sie in den Schlaf wiegten.

Es war fast dunkel, als sie den Hof erreichte. Aggie wartete am Tor auf sie.

»Wir haben uns schon Sorgen gemacht.«

»Wie geht's William?«, fragte Kiri, als sie Sunny absattelte und ihm eine Decke überwarf.

»Nachdem du weg warst, ist er gleich wieder zu sich gekommen. Gott sei Dank! Jen hat aus dem Krankenhaus angerufen. Sie glauben, dass es nur eine leichte Gehirnerschütterung ist. Und sein Arm ist gebrochen, aber das heilt schon wieder.«

»Sunny ist nicht verletzt. Ich habe ihn gleich untersucht, als ich ihn gefunden habe.«

»William ist noch glimpflich davongekommen – er hätte tot sein können. Wenn er nur auf seine Trainerin gehört hätte.«

Während Marina Roxana abholte, rief Aggie Jim McFarlane an. Als er am Reitstall ankam, schloss er Kiri fest in die Arme.

»Gott sei Dank bist du nicht verletzt!« Er beruhigte sich langsam, als er hörte, dass William sich nur den Arm gebrochen hatte. »Obwohl das schlimm genug ist, und wahrscheinlich wird Grant Harding sich bei mir beschweren.«

»Es war nicht Sunnys Schuld«, rief Kiri empört. »William hat ihn geschlagen.«

»Die Hauptsache ist, dass du gesund und munter nach Hause kommst. Ich hatte schon Albträume, wie du dich im Moor verirrst.«

»Niemals. Und bestimmt nicht mit Sunny und Ben. Sie passen immer auf mich auf.«

Als Kiri einschlief, fragte sie sich noch, was mit Sunny passieren würde, während William sich erholte. Sie träumte davon, wie sie sich mit ihrem Pferd und Ben in eine Hirtenhütte kuschelte.

Etwas in Sunny hatte klick gemacht. Letzte Nacht, als sie ihn von seinem alten Heim weggebracht hatte, war er von Kummer überwältigt gewesen, und auch in seiner Reiterin hatte er Trauer gespürt. Er hatte ihren Beinen gehorcht, die ihn vorwärtstrieben, aber er hatte gewusst, dass ihr Herz umkehren wollte. An diesem Morgen ersetzte Resignation die Rastlosigkeit, die ihn zuvor umgetrieben hatte. Das hier war nun sein Zuhause. Er hatte keine Wahl, und diesem neuen Reiter konnte man nicht trauen – er konnte grausam sein. Aber sie war manchmal da. Das musste reichen.

Kapitel 15

»William ist acht Wochen außer Gefecht gesetzt«, erklärte Jen. »Und natürlich willst du unbedingt wissen, was jetzt mit Sunny passiert.«

Kiri nickte. Sie hatte Angst, dass Sunny auf einen anderen Hof kommen würde.

»Keine Sorge. Sunny bleibt hier, und ich trainiere ihn fürs Downlands, das Vielseitigkeitsturnier, bei dem man sich für die U-18-Landesmeisterschaften qualifiziert.«

»Das ist zu Ostern, oder?«

»Ja. William hofft noch, dann wieder gesund zu sein, aber sein Arzt ist weniger optimistisch.«

»Ist Sunny bis dahin so weit?«

»Nur wenn wir ihm sein Vertrauen ins Springen zurückgeben können. Und ich muss Storm noch für den offenen Wettkampf am selben Tag fit machen.«

Kiri bot jede mögliche Hilfe an. Sie wusste, dass sie Sunny nicht reiten durfte, solange William nicht seine Einwilligung gab. Aber sie könnte Storm auf dem Außenplatz longieren. Zu ihrer Überraschung übernahm sie Storms komplettes Fitnesstraining, als Jen sich davon überzeugt hatte, dass sie ihn unter Kontrolle halten konnte.

Der größte Teil war Intervall-Training, bei dem sich immer ein Intervall hartes Training mit langsamen Übungen abwechselte. Das erste Intervall war sechs Minuten Kanter, ein leichter Galopp. Kiri war überrascht, wie lang sich das anfühlte. Dank der Kraft, die sie beim Geländelauf und beim Fahrradfahren erworben hatte, hielt sie es durch.

Kiris Unterstützung erlaubte es Jen, sich ganz auf Sunny zu konzentrieren. Sie war eine gute Dressurreiterin, und mit Leichtigkeit absolvierte Sunny die Lektionen für die Dressurprüfung des Downlands. Aber obwohl Jen auch eine geübte Springreiterin war, schaffte sie es nicht, ihm die Angst vor den Hindernissen zu nehmen. Geländereiten stand gar nicht zur Debatte, ehe er nicht wieder problemlos auf dem Platz sprang. Aber jedes Mal, wenn er den Hindernissen näher kam, legte er die Ohren an und versuchte, seine Reiterin abzuschütteln. Das gelang ihm zwar nicht, aber so bereitete man sich nicht auf einen großen Wettkampf vor.

»Ich stelle ihn für ein paar Tage auf die Koppel, vielleicht hilft das ja«, erklärte Jen Kiri. »Er muss sich mal entspannen.«

Am folgenden Wochenende, als Jen unterwegs war, um ihre Schwester zu besuchen, ging Kiri direkt zur Koppel, auf der Sunny stand. Sie rieb ihm die Nase, kraulte ihn hinter den Ohren und nahm ihm dann die Decke ab, um zu sehen, wie er sich machte. Er hatte wieder etwas zugenommen, und sie trat einen Schritt zurück, um sein glänzendes Fell zu bewundern, das sich über seinen Muskeln spannte. Dank des Trainings war er kräftiger geworden.

Er folgte ihr, als wäre sie das Leittier. Es war, als befänden sie sich wieder auf der Walland Farm, und dann plötzlich, fast ohne nachzudenken, griff sie in seine Mähne und zog sich auf seinen Rücken. Wie damals benutzte sie ihre Stimme und ihr Gewicht, um ihn über die Koppel zu leiten. Sie weigerte sich, Schuldgefühle zu bekommen. Das war gar kein richtiges Reiten – das waren nur sie und Sunny, wieder vereint. Freudig schlug er mit dem Schweif und verfiel in einen langsamen Trab.

Als sie um die Ecke bogen, entdeckten sie einen umgestürzten Baumstamm. Sunny spitzte die Ohren, und bevor Kiri auch nur einen klaren Gedanken fassen konnte, hüpfte er darüber.

»Was zum Teufel machst du da!« Jen war früher zurückgekommen und kam auf die Koppel zu.

»Entschuldigung. Ich wollte ihn nicht springen lassen – es ist einfach passiert.« Kiri sprang reumütig zu Boden, und Sunny folgte ihr zu dem Gatter, vor dem Jen gedankenverloren wartete.

»Werde ich verrückt, oder bist du gerade ohne Sattel und Zaumzeug mit dem Pferd gesprungen?«

»Tut mir leid. Ich hätte ihn ohne deine Erlaubnis nie richtig geritten, wir hatten nur ein bisschen Spaß.«

»Hast du das schon öfter gemacht?«

»Nicht hier«, sagte Kiri schnell. »Daheim bin ich oft so geritten.« Sie holte schnell Sunnys Decke.

Als sie zurückkam, neigte Jen den Kopf zur Seite. »Ich habe eine Idee. Sattle ihn und bring ihn auf den Außenplatz.«

Kiri tat wie befohlen und sah zu, wie Jen ihre Runden mit Sunny drehte. Wie immer folgte er perfekt, aber anstatt weiterzumachen, stieg Jen ab und führte ihn zu Kiri.

»Reite eine Acht im Trab, dann lenke ihn zu den Hindernissen. Mach keine große Sache daraus – reite einfach wie eben auf der Koppel.«

Das war das erste Mal, dass Kiri Sunny in Torebridge reiten durfte. Obwohl sie spürte, dass dies ein Wendepunkt für sie alle war, vertrieb sie die Anspannung aus ihrem Körper. Sie saß leicht im Sattel und lenkte Sunny locker auf das erste Hindernis zu. Seine Ohren richteten sich nach vorn, und sie bemerkte, wie er sich auf die Stangen vor sich konzentrierte. Die ersten drei Hindernisse nahm er mit Leichtigkeit, und ohne das Tempo zu drosseln, flog er über den großen Oxer am Ende. Sie wiederholten das Ganze mit demselben perfekten Ergebnis.

Jen unterbrach kurz und erhöhte und verbreiterte das letzte Hindernis. Es war nun größer als alles, was Kiri bisher versucht hatte, aber sie vertraute Sunny voll und ganz. Er erwiderte ihr Vertrauen mit einem enormen Sprung, und alle Stangen blieben an ihrem Platz.

»Jetzt versuchen wir es ohne die ersten Hindernisse«, ordnete Jen an. »Stell dir einfach vor, sie wären noch da.«

Das war nun wirklich schwierig. Kiri holte tief Luft und unterdrückte den Drang, sich zu weigern. Sie konnte Sunnys neu gewonnenes Vertrauen nicht aufs Spiel setzen. Sie atmete noch einmal tief durch und ritt, ohne zu zögern, auf den Oxer zu. Eins, zwei, drei Schritte, und sie trafen die Hürde perfekt. Sunny erhob sich in die Lüfte, als hätte er Flügel.

»Ich hatte recht mit meiner Vermutung«, sagte Jen. »Er springt nur, wenn er dem Reiter vertraut. Deswegen lief mit William alles so schief. Und obwohl er mir ein wenig vertraut, kannst nur du ihn wirklich anspornen.«

Das Kompliment ließ Kiris Herz höherschlagen. »Aber William erlaubt mir bestimmt nicht, Sunny zu trainieren.«

»Mal sehen. Er will beim Downlands mitmachen, und wenn ich ihm sage, dass nur du Sunny das Springen gut genug beibringen kannst, willigt er vielleicht ein.«

Roxana sprudelte vor Aufregung über, als sie zur Walland Farm radelten. »Du warst super. Aggie und ich haben dich aus dem Bungalow beobachtet, und sie meinte, du bist ein Naturtalent.«

Kiri errötete. »Sunny und ich verstehen uns einfach – das ist alles.«

»Du bist zu bescheiden. Wie in Mathe. Du könntest Klassenbeste sein, wenn du wolltest.«

Kiris Gedanken überschlugen sich. In ein paar Wochen begannen die Osterferien. Und wenn William zustimmte, würde sie jeden Tag Sunny reiten: Intervall-Training auf der großen Koppel, durch das Moor galoppieren, Springreiten. Ja, wenn das Wörtchen »wenn« nicht wär.

»William mag mich nicht. Was, wenn er, nur um mich zu ärgern, Nein sagt?«

»Aber er mag Jen«, antwortete Roxana. »Dir ist vielleicht nicht aufgefallen, wie er sie ansieht, aber mir schon. Er ist wegen Jen nach Torebridge gekommen. Und wenn sie sagt, du sollst Sunny reiten, wirst du das auch.«

Kapitel 16

Die folgenden Wochen verstrichen wie im Flug. Roxana hatte recht gehabt: William tat alles, was Jen wollte. Er erlaubte Kiri, mit Sunny springen zu üben, solange Jen das restliche Training übernahm.

»Kiri versaut seine Dressur nicht«, hatte er laut Aggie verkündet. »Und bezahlen werde ich sie auch nicht. Wenn sie so vernarrt in dieses Pferd ist, soll sie es aus Liebe tun.«

Die Tage wurden länger, und Kiri verbrachte jede freie Minute im Reitstall. Neben dem Training mit Sunny musste sie weiterhin ausmisten, dafür wurde sie schließlich bezahlt. Und Maisie konnte sie auch nicht sich selbst überlassen.

»Mit Storm übe ich auch noch«, meinte Kiri, aber Jen blieb hart.

»Alles schaffst du nicht. Und wenn du den Großteil der Arbeit mit Sunny übernimmst, habe ich selbst genug Zeit für Storm.«

Da sie beide für denselben Tag trainierten, ritten Jen und Kiri oft gemeinsam aus. Jen war davon überzeugt, dass Strandausflüge das Beste für die Tiere waren. Der lange Ritt durchs Moor nach Camber tat ihren Beinen gut, und Intervall-Training im Sand gab ihnen die Ausdauer, die sie für den Geländeritt im Wettbewerb brauchten. Wenn sie im Meer planschten, konnte Kiri es kaum fassen, wie weit sie seit ihrem wilden Galopp am Weihnachtstag gekommen war. Nun fiel es ihr leicht, Sunny im Kanter unter Kontrolle zu halten, selbst mit

Storm als Ablenkung, der an ihrer Seite darum kämpfte, sich an die Spitze zu setzen. Oft war auch Ben dabei, er flitzte ins Meer und wieder heraus und bellte die Windsurfer an.

Auch bergauf gehen sollten die Pferde üben. Einmal pro Woche bestand Jen darauf, dass sie die Pferde in ihren Transporter luden und in die South Downs, in den hügeligen Süden, fuhren. Kiri liebte es, dort zu reiten. Es war, als würden sie sich auf dem Dach der Welt befinden. Auf der einen Seite breitete sich vor ihnen das Meer aus, das in allen Farben glitzerte. Auf der anderen erstreckte sich ein Mosaik aus Feldern und Wäldern bis weit in den Weald hinein, ein Gebiet, das einst ein riesiger und gefährlicher Wald gewesen war. Menschen reisten schon seit Jahrtausenden ins Hügelland, und wenn Sunny wegen eines Grabhügels scheute, stellte sich Kiri uralte Geister vor, die eifersüchtig ihre Schätze bewachten.

»Ich wünschte, ich würde einen Schatz entdecken und könnte von dem Geld Sunny kaufen«, seufzte sie wehmütig.

Jen schenkte ihr ein mitfühlendes Lächeln. »Ich weiß genau, wie du dich fühlst. Einmal hatte ich ein Pferd, es war richtig gut im Training, aber um über die Runden zu kommen, musste ich es verkaufen.«

»Wie furchtbar!«

»Das war es. Aber er hat ein schönes neues Zuhause gefunden. Ich kann dir nur raten, im Jetzt zu leben. Die Sonne scheint auf die Hügel, und wir reiten auf zwei tollen Pferden.«

Sie lachte und trieb Storm vorwärts, und gemeinsam galoppierten sie den Hügel hinauf.

Sie hatten ihren Spaß, aber das Training kam auch nicht zu kurz. Jen erklärte, dass der Geländeparcours beim Downlands hügelig sei und Sunny lernen musste, trotzdem im leichten Galopp zu bleiben. Als sie einen steilen Hang hinaufritten, zeigte sie Kiri, wie man sich nach vorn lehnte, aber das Pferd trotzdem mit den Beinen antrieb. Bergab zu galoppieren, war Furcht einflößend. Kiri blickte den Hang hinunter, den sie gerade heraufgekommen waren, und ihr wurde schwindlig. Anfangs klammerte sie sich so fest an die Zügel, dass Sunny stehen blieb. Aber je mehr sie übten, desto einfacher fiel es ihr, den Kanter bergauf wie bergab zu halten.

Der nächste Schritt – ein sehr großer – war es, Sunny auf einem Übungs-Geländeparcours zu reiten.

»Der Geländeritt ist das Herzstück im Vielseitigkeitsreiten«, meinte Jen und lächelte beim Gedanken an ihr liebstes Hobby. »Dressur und Springreiten sind wichtig, aber der Grund, warum die Leute Vielseitigkeitsturniere lieben, ist, dass sie durchs offene Gelände reiten dürfen und beängstigende Hindernisse überwinden. So ein Hochgefühl bekommst du sonst nirgendwo.«

Mit Mouse hatte Kiri hin und wieder Geländeritte gemacht, aber das war lange her, und sie befürchtete, nicht gut genug für Sunny zu sein.

»Deswegen gehen wir auf einen Platz, auf dem es die verschiedensten Hindernisse gibt«, beruhigte sie Jen. »Das gibt dir das Vertrauen, alles zu schaffen.«

Sobald die Pferde den Transporter verlassen hatten, spürten sie, dass etwas Aufregendes bevorstand. Storm umtänzelte Jen, als sie ihn sattelte, und Sunny scharrte unruhig, als Kiri den Gurt festzog.

Sie begannen mit einem aus Hecken bestehenden Hindernis, wie man es vom Springreiten kennt. Storm machte den Anfang, aber Kiri war nicht darauf vorbereitet, wie die Anspannung beim Geländeritt auf Sunny wirken würde. Wie eine Gewehrkugel schoss er los und ließ die ersten beiden Hecken hinter sich, bevor Kiri ihn stoppen konnte. Sie übersprangen Hecken, Gatter, Fässer und Bänke. Ein- oder zweimal zögerte Sunny, aber Kiri ließ ihre Beine angelegt – sie trieb ihn nicht an, sondern verstärkte nur leicht den Druck auf die Flanken –, und sicher, wenn nicht sogar elegant, überwanden sie alle Hindernisse.

»Jetzt zum Wasser«, entschied Jen. »Ein Vielseitigkeitspferd sollte kein Problem mit Wasser und Gräben haben.« Sie ritt voraus zu einer Anlage mit zahlreichen Wassergräben. Es gab Varianten, bei denen man einfach ins Wasser und wieder hinaus trabte oder vom Ufer ins Wasser springen musste. Aber da war auch eine Hecke, die so hoch war, dass das Pferd blind springen musste – und erst merkte, dass es im Wasser landen würde, wenn es schon in der Luft war.

»Du zuerst«, ordnete Jen an.

Obwohl Kiri auf der Walland Farm viel Erfahrung mit Wassergräben gesammelt hatte – so etwas hatte sie noch nicht gesehen. Mit klopfendem Herzen trieb sie Sunny in einen starken, federnden Kanter, der sich am besten für Wassergräben eignete. Jen hatte ihr keine Route vorgegeben, und Kiri wollte kein Feigling sein, also biss sie die Zähne zusammen und steuerte die große Hecke an. Sunny war Feuer und Flamme – genau wie sie, bis sie die wahren Ausmaße der Hecke erfasste. Sie lehnte sich nach hinten und trieb Sunny weiter an. Den Zeitpunkt des Absprungs markierte sie mit einem energischen Schenkeldruck, nur um sicherzugehen. Sie segelten durch die Luft, und wie in Zeitlupe tauchte das Wasser unter ihnen auf, bevor sie mit einem gigantischen *Platsch* darin landeten. Sunny scheute kein bisschen. Er nahm sich zusammen und sprang am Ende des Grabens den

Meter zum Ufer hinauf. Kiri tätschelte ihm den Hals und sah sich nach Jen um, die ziemlich blass geworden war.

»Weißt du, was du da gerade getan hast? Du hast ein Profihindernis überwunden. Ich dachte, du nimmst die Anfängerroute.«

Als Kiri auf die Hecke hinter sich blickte, konnte sie es selbst kaum fassen.

»Wir sind fast durch«, meinte Jen. »Aber bevor wir gehen, müssen wir Sunny noch etwas zeigen.«

Die nächste Art von Hindernis kannte Kiri auch noch nicht – das Hindernis war so schmal, dass es das Pferd geradewegs dazu einlud, daran vorbeizulaufen, und dann hagelte es Strafpunkte. Jen wählte eine Hecke, die nicht einmal einen Meter breit war.

»Halt ihn bis zum letzten Moment ruhig und gerade, sonst nimmt er den einfachen Weg.« Jen führte mit Storm vor, wie es ging, und bei ihr wirkte es ganz einfach. Kiri versuchte, sie nachzuahmen, aber sie ließ Sunny zu früh freie Hand, und er wich zur Seite aus. Beim nächsten Versuch umging er das Hindernis auf der anderen Seite, und beim dritten Mal purzelte Kiri über Sunnys Schulter zu Boden. Verletzt war sie nicht, aber sie fürchtete, dass sie Sunny schlechte Angewohnheiten antrainierte.

»Versuch es noch einmal«, spornte Jen sie an. »Stell dir vor, du reitest durch eine Engstelle und deine Knie dürfen die Seiten nicht berühren.«

Kiri dachte an die Lücke zwischen der Scheune und dem Torpfosten auf der Walland Farm, und Sunny verstand und sprang geradewegs über das Hindernis. Nach zwei weiteren erfolgreichen Versuchen fühlte sich Kiri wie ein Profi.

»Das war das Aufregendste, was ich *je* getan habe«, schwärmte Kiri, als sie den Schweiß von den dampfenden

Pferden wuschen. »Ich kann gar nicht glauben, dass ich den schmalen Sprung geschafft habe!«

»Ein Profi-Wassergraben.« Jen schüttelte ungläubig den Kopf.

»Sunny passt auf mich auf.«

»Das tut er. Und du bist eine bessere Reiterin, als du meinst. Ein Naturtalent.«

Kiri war so beschwingt, dass nichts ihre Freude trüben konnte – nicht einmal der finster dreinblickende William, der in Torebridge auf sie wartete.

»Mein Arzt hat mir verboten, das Downlands zu reiten«, erzählte er, während sie die Pferde ausluden. »Die Gefahr ist zu groß, dass ich auf den Arm falle, bevor er ganz verheilt ist.«

»Das tut mir leid. Du solltest deine Bewerbung gleich zurückziehen«, antwortete Jen.

Kiri seufzte. Sunny auf den Wettkampf vorzubereiten, war so schön gewesen, und bestimmt hätte er sich gut geschlagen.

»Ich will die Bewerbung nicht zurücknehmen. Sunny braucht alle Erfahrung, die er kriegen kann. Und wenn er und ich von den Talentsuchern der Jugendchampionate bemerkt werden wollen, muss er antreten. Ich hatte gehofft, dass du für mich reiten könntest.«

»Unmöglich. Ich kann nicht in der U-18-Klasse reiten, und alle anderen sind schon voll.«

»Mist.«

»Du könntest Kiri als Ersatzreiterin einsetzen.«

»Kiri!«

»Sie hat gerade eine geniale Geländeübung absolviert – sie hat den Profi-Wassergraben geschafft.«

»Und bei der Dressur ist sie die Lachnummer.«

»Die Talentsucher wissen schon, wie gut du die Dressur beherrschst – also ist das kein Thema.«

»Hmmm.«

»Komm rein und wir besprechen das bei einer Tasse Kaffee. Kiri kümmert sich solange um die Pferde.«

Mit zitternden Händen wechselte Kiri die Pferdedecken. Es war grausam, ihren Traum zum Greifen nah vor sich zu haben, nur um ihn zerschlagen zu lassen, weil sie keine gute Dressurreiterin war. Sie trödelte im Stall bei Sunny und Storm herum und wartete ängstlich darauf, dass William sein endgültiges Nein verkündete.

Zu guter Letzt trat Jen, den Arm um Williams Schulter gelegt, aus dem Bungalow.

»Es ist wirklich schade, dass du das Downlands nicht selbst reiten kannst, aber du hast die richtige Wahl getroffen.« Lächelnd wandte sie sich Kiri zu. »Es ist besiegelt. Wenn dein Vater einverstanden ist, reitest du an Williams Stelle.«

Kiri war sprachlos. Sie konnte sich beim besten Willen nicht vorstellen, wie Jen es geschafft hatte, William zu überreden.

»Ich schätze, mein Vater zahlt dir die Anmeldung und die Startgebühren«, erklärte William, »aber fürs Training rückt er sicher kein Geld raus.« Er blickte verlegen drein. »Tut mir leid – ich weiß, ihr habt es gerade nicht leicht.«

Immer noch fassungslos brachte Kiri nur ein geflüstertes »Danke schön« heraus.

Aber als William zum Auto seines Vaters ging, jubelte sie innerlich. Sie würde Sunny bei einem Vielseitigkeitsturnier reiten. Wenn der Termin näher rückte, würde sie schon noch nervös werden, aber jetzt sprudelte sie vor Freude geradezu über.

»Wie hast du ihn nur überzeugt?«, fragte sie Jen, sofort nachdem William weg war.

»Ich habe gar nichts getan. Er weiß, dass Sunny für dich springt.«

Kiri hetzte nach Hause, um Roxana und ihrem Vater die gute Nachricht zu überbringen. Ihr Vater fragte sie, wie Väter das so tun, über Sicherheit und Kosten aus, schien aber mit den Antworten zufrieden zu sein. Roxana war begeistert, und Kiri erzählte ihr immer und immer wieder von dem Geländeritt – bis die Augen ihrer Freundin ganz glasig wurden.

»Tut mir leid. Ich langweile dich. Erzähl doch, welcher Traum für dich in Erfüllung gehen soll.«

Roxana verzog das Gesicht, als hätte sie nicht viele Träume. »Ich liebe Pferde, aber so große wie Sunny machen mir Angst. Meinst du, ich könnte Mouse reiten?«

»Natürlich!« Kiri schämte sich, dass sie nicht selbst auf die Idee gekommen war. »Er ist im Ruhestand, aber auf der Koppel kann er dich herumtragen. Du bist ja auch kleiner als ich.«

Sie liefen mit Sattel und Zaumzeug auf die Wiese zu Mouse, und Kiri zeigte Roxana, wie man aufstieg. Sie ließ den Steigbügel herunter, um es ihr einfacher zu machen, und mit Kiris Hilfe schaffte Roxana es in den Sattel.

»Die Zügel hältst du so, und dann drückst du leicht die Schenkel an.«

Kiri legte eine Hand auf die Zügel, und gemeinsam überzeugten sie Mouse, langsam über die Koppel zu laufen. Über das ganze Gesicht strahlend stieg Roxana nach ein paar Runden ab und gab Mouse einen Kuss.

»Du kannst ihn reiten, wann immer du willst.«

Mit wedelndem Schwanz kam Ben ihnen entgegen. In das Heulager konnten sie mit ihm nicht, weil die Leiter dort hinauf nicht hundefreundlich war. Dafür führte Kiri Roxana zu einem Backsteinhaus auf der anderen Seite der Farm. »Dad wollte es zu einem Ferienhaus umbauen, aber es ist nie fertig geworden. Eines der Zimmer haben Eddie und ich zu unserem Versteck gemacht. Wir haben uns immer ausgemalt, es wäre eine Hirtenhütte.« Kiri zeigte Roxana den Raum mit dem offenen Kamin, einem Tisch und zwei Stühlen. Der Steinboden war gemustert, und an der Wand hing Lavendel.

»Erzähl mir mehr von deiner Familie«, meinte Kiri, während sie sich eine Schachtel Kekse mit Ben teilten.

»Da gibt es nicht viel zu erzählen. Weil mein Vater kurz nach meiner Geburt verschwunden ist, erinnere ich mich nicht an ihn. Meine Urgroßmutter und meine Cousins sind mit uns nach England gekommen – sie wohnen in Lydd.«

»Wie ist deine Urgroßmutter so?«

»Sie ist sehr traditionell. Sie trägt lange, bestickte Röcke und Schals und hat an jedem Finger einen Ring.«

»Ich würde sie gern treffen und mir die Zukunft vorhersagen lassen.«

Roxana verdrehte die Augen. »Womöglich gefällt dir nicht, was sie sagt.«

Kapitel 17

Der restliche Monat verging wie im Flug, und schon war der Tag des Downlands gekommen. Kiri striegelte Sunny und machte ihn für den Wettbewerb zurecht. Wegen seiner langen Lusitano-Mähne hatte Jen ihr geraten, einen Andalusier-Zopf zu flechten, der eng am Hals anlag. Das sah ganz anders aus als die elf einzelnen Zöpfe von Storm. Kiri trat zurück und bewunderte ihre Arbeit. Sunny war wunderschön.

Jen fuhr sie zum Downlands, wo sie die Pferde im Transporter ließen, während sie den Parcours abliefen.

»Du musst den Platz aus dem Blickwinkel eines Pferdes sehen«, erklärte Jen. »Achte auf Sachen, die Sunny erschrecken könnten.« Sie lief schon zielstrebig auf das erste Hindernis zu, eine einladende Hecke. Eigentlich wirkten die ersten fünf Hindernisse ziemlich unkompliziert, das dachte zumindest Kiri.

»Dieses hier wirkt leicht, ist es aber nicht.« Jen deutete auf ein Hindernis am Waldrand. »Man nennt es Tigerfalle, aber heute werden ihm ein paar Menschen zum Opfer fallen. Die Pferde springen aus dem hellen Tageslicht in den düsteren Wald, das nimmt ihnen die Sicht – sie können nicht wissen, ob es dahinter drei Meter in die Tiefe geht oder ein echter Tiger auf sie wartet. Sunny muss dir vertrauen.«

Kiri war froh, dass ihr eine Expertin zur Seite stand. Allein hätte sie keinen zweiten Blick auf das Hindernis verschwendet. Nach einigen weiteren Hindernissen kamen sie zum Wassergraben. Er wirkte fast so schwer wie der von dem Übungsplatz, aber Jen versicherte ihr, dass dem nicht so sei. Dahinter begann das Hügelland, und Kiri war froh, dass sie gelernt hatte, Sunny an steilen Hängen zu reiten. Die Hindernisse bergauf wirkten nicht allzu schwer, aber das auf der Spitze war Furcht einflößend.

»Das sieht aus wie eine Skisprungschanze«, meinte Kiri. »Das katapultiert einen in die Luft.« Es war ein weiter Weg, bis das Pferd wieder Boden unter den Füßen hatte. Sie fragte sich, ob sie beim Absprung die Augen schließen durfte.

»Das wird klappen, und wenn du willst, kannst du ein Taxi anhalten.« Jen lachte über Kiris verwirrten Gesichtsausdruck. »Das ist Reitersprache. Das heißt, du reckst einen Arm in die Luft, um das Gleichgewicht zu halten.« Sie schlitterte den Hang hinunter zum nächsten Hindernis. »Hierum solltest du dir allerdings Sorgen machen.« Es war eine der schmalen Hürden, und sie war genau so platziert, dass jemandem, der die Skisprungschanze davor schlecht genommen hatte, kaum eine Chance blieb.

Der restliche Parcours verschwamm vor Kiris Augen in einem Wirbel aus Oxern, Gräben, Hecken und Gattern. Kiris Gefühle schwankten irgendwo zwischen Aufregung und Panik. Dabei hatte sie weniger Angst davor, zu stürzen, als Sunny nicht gerecht werden zu können.

Gerade als sie Sunny sattelte, rief Kiris Vater an. Er sagte, er würde es nun doch nicht zum Downlands schaffen. Kiri war einerseits enttäuscht, dass er nicht kam, aber auch erleichtert, dass er die Katastrophe nicht mit ansehen musste. Falls es eine Katastrophe gab.

»Ist schon gut, Dad. Jen passt auf mich auf, und Marina bringt Aggie und Roxana vorbei, damit sie beim Geländeritt zusehen können.«

»Ruf mich gleich an, wenn du's hinter dir hast.«

Der Anblick des Platzes, auf dem Sunny in einer halben Stunde seine Dressurprüfung ablegen sollte, ließ Schmetterlinge in Kiris Bauch aufflattern. Jen half ihr, die Startnummer zu finden, und stellte sicher, dass sie die richtige Kleidung trug, einschließlich einer schwarzen Jacke, die Kiri von einem Kunden des Reitstalls geliehen hatte. Aber dann musste sie los, um Storm für die Dressur vorzubereiten.

»Das wird schon«, beruhigte Jen sie. »Halt Sunny in Bewegung, dann albert er nicht herum. Und denk daran: Es ist auch sein erster Wettkampf, und er ist wahrscheinlich genauso aufgeregt wie du.«

Sunny scharrte ungeduldig, also saß Kiri auf und ritt los. Sie übte einige Lektionen aus der Prüfung. Alles lief gut, bis William mit seinem Vater und einer großen grauhaarigen Frau auf sie zukam.

»Das ist das Pferd«, sagte William, ohne Kiri vorzustellen. »Mit dem richtigen Reiter könnte er eine wirklich gute Figur machen.«

»Hallo. Ich bin Marianne Jackson, die Regionalvertreterin der unter Achtzehnjährigen«, erklärte die Frau. »Aus dem Programm kann ich ersehen, dass du Kiri McFarlane bist.«

Kiri nickte. Sunny fühlte sich unter ihr an, als würde er jeden Moment explodieren. Sie wollte ihn am liebsten von hier fortbringen, aber sie traute sich nicht, etwas zu sagen. Glücklicherweise erkannte Mrs Jackson das Problem.

»Du brauchst jetzt nicht mit uns zu sprechen, wenn du dich aufwärmen willst.«

Kiri verabschiedete sich, und gleich darauf bedeutete ihr ein Ordner, sich auf den Weg zum Platz zu machen. »Die Punktrichterin betätigt die Hupe in ihrem Auto, dann kannst du anfangen.«

Die Hupe dröhnte, und Sunny stürmte auf den Platz. Kiri lehnte sich im Sattel zurück und betete. Wenn der Wettbewerb schon so begann, wie sollte er dann enden? Sie ließ Sunny eine Volte gehen, um seine Aufmerksamkeit auf sich zu lenken, und dann ging es los. Sie trabten viel zu schnell über die Mittellinie, und Kiri bedeutete Sunny zu spät, dass er vor der Richterin nach rechts abbiegen musste. Einen schrecklichen Moment lang dachte Kiri, Sunny würde die Startertafel am Ende des Platzes umrennen und in das Auto der Richterin krachen.

»Reiß dich zusammen!«, sagte sich Kiri und begann, selbstbewusster zu reiten. Sie verlangsamte den Trab, und ihr gelang ein guter Übergang in den Kanter. Immer noch fühlte sich Sunny wie eine nicht entschärfte Bombe an, aber trotzdem schafften sie alle Lektionen ohne Fehler. Sie schwenkten zurück zur Mittellinie, und zum Abschluss kam Sunny perfekt zum Halt, ohne zu zögern und im richtigen Winkel. Als Kiri sich vor der Richterin verbeugte, hoffte sie, dass alle das Ende in Erinnerung behalten würden und nicht den verpatzten Anfang.

Kiri erwartete, die Hardings zu sehen, als sie den Platz verließ, aber sie waren verschwunden. War ihre Dressur so schlecht gewesen? Sie ritt Sunny zurück zum Transporter und machte ihn für das Springreiten fertig. Das dauerte länger als erwartet, und am Schauring hatte sich für das Übungsspringen schon eine lange Schlange gebildet.

Endlich tauchte Jen auf. »Tut mir leid, dass ich nicht früher hier sein konnte, um dir zu helfen. Wie lief die Dressur?«

»Der Anfang war schlimm, aber zum Schluss wurde es etwas besser.«

»Was hat William gesagt?«

»Er ist abgehauen, also muss es furchtbar gewesen sein.«

»Ich glaube nicht, dass es so schlecht war. Er sollte hier sein und dir beim Übungsspringen helfen.«

Energisch ging Jen auf einen anderen Trainer zu und erklärte, dass sie jetzt ein Hindernis bräuchten, weil Sunny jeden Moment dran sei. Trotzdem blieb nur noch für einen Sprung Zeit, bevor ihre Nummer aufgerufen wurde.

Als sie den Parcours betraten, buckelte Sunny wild. Anscheinend wurde die Lunte der Bombe kürzer. Entschlossen, Sunny nichts durchgehen zu lassen, zügelte Kiri ihn so stark, dass er vor dem ersten Hindernis beinahe stehen blieb. Mit einem festen Schenkelschluss manövrierte sie ihn gerade noch darüber, aber danach galoppierte er los und hätte das nächste Hindernis fast übersehen. Um eine Katastrophe noch zu verhindern, musste sie nun das Kommando übernehmen. Sie richtete sich auf, nahm die Zügel fest in die Hände und ritt in einem langsamen Kanter auf einen Oxer zu. Er übersprang ihn mit einem halben Meter Luft und schnaubte, wie um sich zu beschweren, dass sie ihn vorher nicht anständig geritten hatte. Sie überwanden die Hindernisse in einer Kurve und konzentrierten sich auf ein Rick, an dem schon einige Reiter Strafpunkte kassiert hatten. Auch dieses nahmen sie sicher, und Kiri holte tief Luft. Die Mauer vor ihnen war das letzte Hindernis.

Kiri verließ den Parcours mit einem breiten Lächeln – das erstarb, als sie Williams düsteren Blick auffing. Auch sein Vater und Marianne Jackson waren mit von der Partie.

»Die ersten zwei Sprünge waren furchtbar«, maulte er.

»Aber du hast dich schnell gefangen«, meinte Mrs Jackson. »Und du hast keinen Fehler gemacht!«

Williams Vater grummelte etwas von Geld, das er für Sundancer hingelegt hatte.

Jen nahm Kiri beiseite. »Beachte die gar nicht, besonders nicht William. Er ist frustriert, weil er nicht selbst reiten kann.«

Als sie Sunny in den Transporter gebracht hatten, musste Jen Kiri regelrecht zu der Ergebnistafel zerren.

»Ich will nicht wissen, wie schlecht ich war.«

»Das warst du nicht. Es gab nicht viele fehlerfreie Durchgänge beim Springreiten.«

Zunächst blickte Kiri nicht durch, als sie die Wertungen betrachtete. Für ihre Dressur hatte sie 42 Punkte bekommen, das hörte sich nicht gerade gut an. Das Mädchen vor ihr hatte 57 Punkte.

»Ich sage doch, es ist hoffnungslos.«

»Sei nicht albern. Die Wertung basiert auf Strafpunkten, je niedriger desto besser.« Die meisten Ergebnisse für die Dressur waren schon bekannt, und Jen rechnete aus, dass Sunny sich in der U-18-Klasse im Mittelfeld bewegte. »Für deinen ersten Wettkampf ist das gut, und wenn die Ergebnisse fürs Springreiten da sind, kletterst du in der Rangliste noch nach oben.«

Kiri durchlebte ein Wechselbad der Gefühle. Die Schmach, Letzte zu werden, blieb ihr offenbar erspart, und nun keimte Hoffnung in ihr auf.

Sie schauten noch nach Storms Ergebnissen. Er war in seiner Klasse fast ganz unten, aber Jen lachte nur. »So ist Storm nun mal – eine Springmaschine, die sich weigert, eine Dressur zu gehen.«

Vor Nervosität ganz krank, machte sich Kiri für den Geländeritt bereit. Sunny sah wunderbar aus. Sie wünschte, ihr eigener Aufzug würde ihm gerecht werden, aber sie war sich nur allzu bewusst, dass sie aussah, als wäre sie in einem Secondhandladen eingekleidet worden. Die anderen Reiter hatten hochmoderne Schutzwesten, Funktionsshirts und Helmüberzüge in passenden Farben. Sie trug nur ein altes Sweatshirt und Jens ziemlich verschlissene Schutzweste. Etwas von dem im Reitstall verdienten Geld hatte sie für neue Reitstiefel ausgegeben, aber Leder hatte sie sich nicht leisten können.

»Was ist das Wichtigste beim Geländeritt?«, fragte Jen, als sie mit Sunny zum Start gingen.

»Ich weiß nicht.« Kiri fühlte sich gleichzeitig dumm und verängstigt.

»Spaß zu haben!«

Am Start angekommen, tänzelte Sunny herum wie ein Zweijähriger. Er triefte vor Schweiß und weigerte sich, in die Startbox zu gehen. Es bahnte sich eine Blamage an, als der Richter androhte, sie zu disqualifizieren, wenn sie nicht innerhalb der nächsten Minute in der Box stünden.

Die Hardings hatten viele gute Ratschläge parat, die sie auch laut kundtaten, und Kiri hätte am liebsten laut aufgeschrien. Diese Leute mussten sich nur einmal in Sunny hineinversetzen. Er geriet doch nur in Panik, weil er all die gegensätzlichen Gefühle um sich herum wahrnahm.

»Lass los, Jen«, bat Kiri, ließ die Zügel locker und lenkte Sunny von der Box weg. Eine halbe Minute ritt sie mit ihm herum, als wäre er daheim und ungesattelt. Dann dirigierte sie ihn mit einem Schenkeldruck in die Box. Immer noch ließ sie die Zügel hängen, bis der Richter den Countdown herunterzählte.

»Drei, zwei, eins, los!« Als Kiri die Zügel aufnahm, buckelte Sunny, und sie rutschte fast seitlich aus dem Sattel. Irgendwie konnte sie sich auf seinem Rücken halten, aber schon galoppierte er auf das erste Hindernis zu, und sie hatte beide Steigbügel verloren. Aus Angst, vor William und seinem Vater vom Pferd zu fallen, schlang sie ihre Beine so fest um Sunny, als wollte sie nie wieder loslassen. Es zahlte sich aus, dass sie so oft ohne Sattel geritten war, und der Sprung gelang. Erst beim dritten Hindernis fanden ihre Füße wieder in die Steigbügel, und als sie die Tigerfalle vor dem Waldrand erreichten, hatte sie die Kontrolle wiedererlangt. Das schwarze Loch vor Augen, das Sunny gleich sehen würde, ritt sie auf das Hindernis zu, als wäre es das größte des gesamten Parcours. Sie spürte Sunnys Zögern, trieb ihn aber voran, und er sprang.

»Guter Junge«, lobte sie ihn und tätschelte seinen Hals. Die Hindernisse tauchten schnell hintereinander auf, und noch bevor sie zum Nachdenken kam, hatte sie schon den Wassergraben hinter sich gelassen.

Nun folgte der steile Abschnitt, und sie spürte Sunnys Stärke, als er sich den Hang hinaufkämpfte. Die größte Prüfung lag jetzt vor ihr. Sie wandte sich der Skischanze zu und nahm all ihren Mut zusammen. Weil Sunny den Boden hinter dem Hindernis nicht sehen konnte, nutzte Kiri ihren ganzen Körper und all ihre Gedanken, um ihn anzuspornen. Sie schloss die Augen, sodass sie den Sprung ins Unbekannte gemeinsam erlebten, und sie flogen durch die Luft. Der Weg zum Boden war lang, aber Sunnys natürliches Geschick kam ihnen zu Hilfe. Wie eine Katze landete er, und ein sanfter Zug an den Zügeln lenkte ihn exakt über das schmale Hindernis.

Das Schlimmste war überstanden, und nun ließ Kiri ihrer Freude freien Lauf. Mit einem breiten Grinsen im Gesicht sprang sie über Gatter und Mauern und planschte durch den zweiten Wassergraben. Sunny eilte auf das letzte Hindernis zu, das wie eine Hundehütte aussah.

Kiri bemerkte, dass er den aufgemalten Spaniel erschrocken beäugte, aber jetzt konnte sie nichts mehr aufhalten.

Und im nächsten Moment hatten sie es geschafft! Kiri sprang ab und schlang die Arme um Sunnys Hals.

»Großartig!« Jen hatte Kiris Ritt über den Lautsprecher verfolgt und klopfte ihr auf die Schulter.

»Gut gemacht.« William war ohne seinen Vater zum Ziel gekommen. »Zweimal fehlerlos. Das haben sicher nicht viele geschafft.«

Das unerwartete Lob machte Kiri stolz.

»Führe Sunny herum, bis er abgekühlt ist«, riet ihr Jen. Anschließend half sie Kiri, den Schweiß von Sunnys Fell zu waschen, ihm eine Decke aufzulegen und ihm etwas wohlverdientes Heu zu geben. Das Geräusch von zufriedenem Kauen in den Ohren, ertappte sich Kiri bei dem Gedanken, in ihrem Leben noch nie so glücklich gewesen zu sein.

»Er war super. Er ist einfach das beste Pferd der Welt.«

»Ja, ein wirklich talentiertes Tier. Und ich glaube, du schneidest besser ab, als du erwartet hast.«

Jen machte sich zu ihrem eigenen Geländeritt auf und ließ Kiri zurück, die verträumt Sunny anblickte. Sie spielte den Ritt immer wieder vor ihrem inneren Auge durch, bis Marianne Jackson, die nach ihr gesucht hatte, sie ansprach.

»Du hast die Skischanze wirklich gut gemeistert. Besser als alle, die ich heute gesehen habe.«

Kiri errötete vor Freude. Es war aufregend, so ein Kompliment von einer Frau zu bekommen, die sie kaum kannte.

Glücklich kam Jen zurück. »Mit Storm macht der Geländeritt solchen Spaß. Wenn ich ihn eines Tages dazu bringen kann, eine gute Dressurprüfung abzulegen, hab ich es wirklich geschafft.«

Jetzt, da Storm Sunny Gesellschaft leistete, konnte Jen Kiri überreden, mit zur Ergebnistafel zu kommen. Fast alle Wertungen für die U-18-Klasse waren angeschrieben, und der schwierige Geländeritt hatte die Rangliste ganz schön durcheinandergewirbelt.

»Du bist unter den Top Drei!«, rief Jen und drückte ihren Arm.

Kiri war überwältigt. Im Rennen um einen Preis zu sein, war einfach zu viel. Die letzten Wertungen erschienen nach und nach auf der Tafel, und Jen schnappte nach Luft. »Du bist Zweite. Grandios!«

»So ein Pech, dass es nicht für den ersten Platz gereicht hat«, meinte William, aber Kiri war das egal. Alles, was zählte, war die erstaunliche Verbindung, die sie zwischen Sunny und sich gespürt hatte, als sie über den Geländeparcours geschwebt waren.

»Schnell«, sagte Jen. »Du musst dir die Dressurkleidung für die Preisverleihung vor dem Herrenhaus überziehen.«

Kiri rannte zum Transporter, zog sich rasch um und kam gerade in dem Moment zurück, als der Sponsor ihren Namen neben denen von sieben weiteren Preisträgern aufrief. Die Preise wurden verteilt, beginnend mit dem letzten, bis nur noch Kiri und ein weiteres Mädchen übrig waren. Kiri erhielt eine blaue Rosette und einen Umschlag mit einem Gutschein für ein Reitsportgeschäft, während die Siegerin eine rote Rosette und einen Pokal bekam. Als sie sich zum Publikum umwandten, schoss ein Fotograf Bilder, und Marianne Jackson griff zum Mikrofon.

»Wir gratulieren Emma und Kiri. Als Gewinnerinnen der Downlands qualifizieren sie sich für die U-18-Landesmeisterschaften im August. Einen großen Applaus für die beiden.«

Als der Beifall aufbrandete, fühlte sich Kiri riesig. Der hoffnungslose Fall, die Anfängerin, das Mädchen, das keine Dressurprüfung auf die Reihe kriegte, hatte sich gerade für die Landesmeisterschaften qualifiziert!

Sunny knabberte am Heu, das Kraftfutter bekam er jetzt nicht hinunter – nicht, solange ihm das Adrenalin noch in den Adern brannte. Seine Muskeln zuckten, und für einen Augenblick war er wieder dort draußen. Mit pochendem Herzen und schwer arbeitenden Lungen kämpfte er sich den Hügel hinauf. Wieder stand er dem Hindernis gegenüber, das ins Nichts zu führen schien. Er zögerte kurz, aber sie nicht. »Weiter!«, rief ihr Körper, und er sprang. Hoch in die Luft. Und er landete wie eine Katze. Auf zum nächsten. Weiter und weiter wollte er mit ihr gehen. Für immer.

Kapitel 18

Kiri starrte aus dem Fenster des Klassenzimmers und träumte vom Downlands. Das hatte sie in den letzten Wochen so oft getan, dass sich ihr jedes Detail jedes Hindernisses ins Gedächtnis gebrannt hatte. Nur die Antwort auf die Frage, die Mrs Matheson ihr gestellt hatte, wollte ihr nicht einfallen. Weil sie die Frage einfach nicht gehört hatte.

»Entschuldigung, könnten Sie die Frage –«

»Nein, kann ich nicht.« Üblicherweise war Mrs Matheson im Matheunterricht geduldig mit ihr, und so überraschte Kiri die ungehaltene Reaktion. »Ich möchte, dass du der Direktorin diese Mitteilung bringst.«

Schon wieder Nachsitzen, dachte Kiri, obwohl es ihr nichts ausmachte. Unter der Woche konnte sie ohnehin nicht zum Reitstall, also war es egal, wenn sie länger bleiben musste. So langsam wie möglich ging sie zu Miss Carltons Büro, und als sie geklopft hatte und eingetreten war, überreichte sie die Mitteilung.

»Nicht nur Mrs Matheson ist enttäuscht von dir, Kiri. In letzter Zeit erreichen mich viele Beschwerden über dich und deine fehlende Arbeitsmoral. Auch Nachsitzen scheint daran nichts zu ändern, also schreibe ich nun deinem Vater. Vielleicht findet er einen Weg, dich zur Vernunft zu bringen. Geh jetzt zurück in die Klasse und konzentriere dich.«

Kiri machte Mrs Matheson keinen Vorwurf, aber es wäre ihr lieber gewesen, wenn ihr Vater keinen Brief bekommen hätte. Er würde nie schimpfen, weil sie in einem Fach, das ihr schwerfiel, schlecht abschnitt, aber sich gar nicht anzustrengen, war in seinen Augen ein ernstes Vergehen.

Erst als er am Freitag nach Hause kam, sah er den Brief.

»Gefällt es dir auf der Denge Academy nicht?«

»Doch.«

»Was ist also das Problem?«

»Es ist langweilig.«

»Und was langweilt dich nicht?«

»Sunny zu reiten. Mit Ben zu spielen. Im Reitstall zu sein.«

»Zuckerbrot und Peitsche«, murmelte ihr Vater. Das war alles, was er zu dem Thema sagte. Erst am Sonntag, bevor er fuhr, verkündete er seinen Plan und ließ Kiri sprachlos zurück.

»Das ist so ungerecht«, beklagte sie sich später bei Roxana. »Ich muss mich jetzt wirklich reinhängen.«

Sie erzählte ihr, was ihr Vater beschlossen hatte: Wenn sie bei der Zeugnisvergabe in zwei Fächern Klassenbeste oder zumindest Zweitbeste war, durfte sie mit auf den viertägigen Ausritt in die South Downs, den Aggie jedes Jahr organisierte. Das war das Zuckerbrot. Wenn sie das nicht schaffte, gab es die Peitsche. Sie würde die ganzen Ferien über nicht in den Reitstall gehen dürfen.

»Das ist ja schrecklich«, meinte Roxana. »Welche Fächer?«

»Die kann ich mir selbst aussuchen.«

Die Mädchen diskutierten Kiris Möglichkeiten. Mathe war die logische Wahl, weil Kiri eigentlich gut darin war und der Rest der Klasse keine wirkliche Konkurrenz darstellte.

»Englisch?«, schlug Roxana vor.

»Nicht bei dieser furchtbaren Lehrerin. Bei ihr ist Englisch schlimmer als eine Fremdsprache.«

»Geschichte?«

»Neeeiiin!«

Zuletzt fiel ihre Wahl auf Biologie. Der Lehrer, Mr Miles, war entspannt, und zumindest ging es um Tiere.

»Kannst du Sunny in den South Downs reiten?«

»Leider nicht. Aber Aggie besorgt mir ein anderes Pferd. Du kannst auch mitkommen.«

»Auf Mouse?«

»Der Ärmste ist zu alt. Aber mit dem Fahrrad geht es auch. So bin ich die letzten Male mitgefahren. Hunde sind auch willkommen, und es macht richtig Spaß. Jeden Abend schlagen wir unser Lager auf einer Farm auf.«

Roxana reichte ihr das Biobuch. »Auf geht's.«

Jen machte ein entsetztes Gesicht, als sie von dem Zuckerbrot und der Peitsche erfuhr.

»In zwei Fächern Beste oder Zweitbeste zu sein, das ist viel verlangt.«

»Er weiß, dass ich an meiner alten Schule Klassenbeste in Mathe war.«

»Dann arbeite lieber doppelt so hart. Ich leite dieses Jahr für Aggie den Ausritt in die South Downs und hätte gern deine Hilfe.«

Es war das letzte Wochenende, an dem Kiri Sunny reiten durfte. Williams Arzt hatte gemeint, dass er am nächsten Samstag wieder in den Sattel dürfte und in wenigen Wochen sogar springen könnte.

Dass es schwer sein würde, Sunny an ihn zurückzugeben, hatte Kiri gewusst. Aber auf den stechenden Schmerz in ihrem Herzen, als sie mit ihm zum letzten Mal ausritt, war sie nicht vorbereitet. Sie sagte sich, dass sie ihn jedes Wochenende sehen würde und in den Ferien sogar jeden Tag, solange ihre Noten in Ordnung waren. Aber es war nicht dasselbe. Es gab nichts Schöneres, als ein Pferd zu reiten, das die Liebe und das Vertrauen, die ihm entgegengebracht wurden, erwiderte.

Der April machte seinem Namen alle Ehre, die Frühlingssonne versteckte sich immer wieder hinter dichten Regenwolken, und das feuchte Moor schimmerte in den schönsten Farben. Rote Lichtnelken verbargen sich im smaragdgrünen Gras, und violetter Ehrenpreis spross neben blassrosa Bauernsenf. Das waren die Blumen, die ihre Mutter am liebsten gemalt hatte, und Kiri wurde klar, dass sie viel seltener an ihre Mutter gedacht hatte, seit sie Sunny ritt. Für einen Augenblick überwältigten sie Schuldgefühle, aber sie wusste, ihre Mutter hätte gewollt, dass sie beschäftigt und glücklich war.

Als William wieder ritt und es im Reitstall nicht mehr so viel zu tun gab, saugte die Schule die neu gewonnene Freizeit auf wie ein Schwamm. Mrs Matheson fand Kiris plötzliches Interesse an Mathematik großartig und unterstützte sie enthusiastisch. Mr Miles hingegen wurde seinem Ruf gerecht und ließ sich nicht aus der Ruhe bringen, aber auch er konnte Kiri ihren Wunsch nach Zusatzaufgaben schlecht abschlagen.

»Was ist denn in dich gefahren?«, fragte er.

Kiri erklärte ihre Gründe, und er musterte sie mit einem ironischen Lächeln. »Also arbeitest du bis Juli auf Hochtouren, und ab September träumst du wieder vor dich hin. Es sei denn, ich kann dich überzeugen, dass du um des Lernens willen lernst.« Überraschenderweise lieh er Kiri ein Buch über die Anatomie des Pferdes, und sie sprachen über die Möglichkeiten, die sich für Schüler mit guten Abschlussnoten in den Naturwissenschaften eröffneten. »Du interessierst dich für Vielseitigkeitsreiten, das ist ein teurer Sport. Aber wenn du Tierärztin wirst, könntest du ihn dir leisten.«

Kiri war eher geneigt, von olympischen Medaillen zu träumen als vom Studium der Tiermedizin, aber gelegentlich kam ihr die Idee wieder in den Sinn, und ganz verwerfen wollte sie sie nicht. Allein das Gesicht ihres Vaters zu sehen, wenn sie verkündete, dass sie – und nicht Eddie – auf die Universität gehen würde, wäre die Sache wert.

Weil Kiri und Roxana sich so ähnlich sahen – dunkles Haar und braune Augen –, hatten Tanya und ihre Freunde angefangen, sie beide »die Zigeunerinnen« zu nennen. Aber seit die Mädchen so eng befreundet waren, begegneten sie den Anfeindungen mit völliger Gleichgültigkeit, und die Mobber verloren langsam das Interesse.

»Ich könnte dich bei Miss Carlton melden«, meinte Kiri zu Tanya. »Aber wozu die Mühe? Ihr seid doch nur Hohlköpfe.«

Kiri wollte noch mehr über Roxanas Familie und Rumänien erfahren. »Wie sieht es da aus?«, fragte sie.

»Es gibt Berge und Wälder, aber wir haben in der Hauptstadt Bukarest gewohnt. Die Wohnung dort war größer als unsere jetzige, aber sie zerbröselte regelrecht. Ein undichtes Dach, im Winter feucht und viele Stromausfälle.«

»Aber ein Zuhause«, meinte Kiri, die sich nicht vorstellen konnte, die Walland Farm zu verlassen.

»Aber unsere Nachbarn hassten Roma. Sie haben Hundekacke durch den Briefschlitz geworfen, und einmal haben sie einen Stein nach mir geschleudert.«

»Nein! Das ist ja grauenvoll.«

»Das war es. Deswegen wollte meine Mum unbedingt nach England. Und meine Cousins hatten auch Probleme.«

Ein paar Tage später fragte Kiri ihre Freundin, ob sie

sich am folgenden Sonntag treffen könnten, aber Roxana schüttelte den Kopf.

»Mum will, dass ich Uroma besuche.«

»Vielleicht könnte ich mitkommen.«

»Ich weiß nicht …« Roxana zögerte kurz. »Aber ja, warum nicht!«

Am nächsten Sonntag radelten die Mädchen nach Lydd. Roxana fuhr voraus, an einer Kaserne vorbei zu einem Wohncontainer am Stadtrand. Die Farbe blätterte von den Wänden, und der Vorgarten war voller Gerümpel.

»Das ist es«, meinte Roxana mit einem verlegenen Lächeln. Sie winkte zwei Jungen zu, die an einem alten Motorrad herumschraubten.

»Hallo, Roxy«, begrüßte ihr älterer Cousin sie und stellte sich als Anton vor. »Deine Freundin ist wirklich hübsch.«

Kiri, die solche Komplimente hasste, antwortete nicht. Der andere Cousin, jünger und grimmiger dreinblickend, musterte sie abschätzig.

»Du bist also das reiche Mädel, mit dem Roxana jetzt abhängt. Glaub bloß nicht, du wärst was Besseres.«

»Das tue ich nicht. Aber Roxana ist mehr wert, als zehn von deiner Sorte.«

Der Junge, von dem Kiri später erfuhr, dass er Danut hieß, machte eine geringschätzige Geste in ihre Richtung und raste mit dem Motorrad vom Hof.

»Komm mit, jetzt lernst du Uroma Cosmina kennen«, sagte Anton.

Kiri hielt die Luft an, als er sie zu einem kleinen Wohnwagen hinter dem Container führte. Er klopfte und schob die Tür auf.

»Roxana und eine ausländische Freundin kommen dich besuchen, Uroma.«

Hier war Kiri die Ausländerin. Sie nahm ihren Mut zusammen und betrat den finsteren Raum. Einzig das Rascheln von Röcken und das Klimpern von Schmuck waren zu hören. Sie wagte sich noch zwei Schritte tiefer in den Raum hinein, dann sah sie dunkle Augen blitzen.

Roxana zündete mit einem Streichholz eine Kerze an, und da erblickte Kiri die alte Dame in bestickten Röcken und mit vielen bunten Schals. Goldene Ketten mit Türkisen hingen um ihren runzligen Hals, und ihre Finger schmückten zahlreiche Ringe.

Sie winkte Kiri zu sich heran und sprach sie mit einer altersrauen Stimme an. Die Worte klangen fremd, und Kiri wusste nicht, was für eine Sprache es war. Roxana übersetzte.

»Was willst du von mir?«

»Nichts«, meinte Kiri.

»Lügnerin. Du bist wie alle von deiner Sorte und willst etwas für nichts.«

»Roxana sagt, Sie können in die Zukunft sehen.«

»Und?«

»Bekomme ich, was ich mir am meisten wünsche?«

»Was du dir jetzt wünschst oder morgen oder in sechzig Jahren?« Sie lachte schrill. »Kannst dir wohl nicht vorstellen, einmal so alt zu sein wie ich, oder?«

Kiri richtete sich auf. »Ich will wissen, was mit Sunny und mir passiert.«

»Was zahlst du mir für eine Antwort?«

»Alles, was ich habe.« Kiri wühlte in ihrer Tasche, und Roxana schnappte nach Luft, als sie sechzig Pfund herausholte – ihr gesamtes Erspartes von ihrem Job in Torebridge.

»Großzügig. Aber ist es genug?« Es folgte eine lange Stille, nur unterbrochen von Kiris aufgeregten Atemzügen und dem Murmeln der alten Frau.

»Ein verängstigtes Pferd in der Dunkelheit. Gejagt. Gefahr.« Die Worte trafen Kiri wie ein Stromschlag. Gefahr für sie, für Sunny oder für sie beide? Plötzlich lehnte sich Cosmina nach vorn und drückte Kiri die Scheine in die Hand. »Nimm das Geld, Kind. Du bist eine Freundin von Roxana, und ich belüge dich nicht. Aber die Wahrheit verrate ich dir auch nicht.«

Kapitel 19

Bis spät in die Nacht lag Kiri wach und zerbrach sich den Kopf darüber, was Cosmina in der Zukunft gesehen haben mochte. Als Ben ihre Anspannung bemerkte, sprang er zu ihr aufs Bett und leckte ihr das Gesicht. Ein Hund spendete wirklich Trost, aber jetzt brauchte sie jemanden zum Reden.

»Schläfst du?«, fragte sie Roxana, die sich umdrehte und aufstöhnte.

»Jetzt nicht mehr.«

»Können wir noch einmal zu deiner Urgroßmutter gehen und fragen, warum sie mir nicht sagt, was sie sieht?«

»Das verrät sie dir bestimmt nicht.«

»Was, glaubst du, war der Grund?«

»Weiß der Himmel. Es könnte alles und nichts sein. Manchmal sagt sie den Leuten nicht, was sie sieht, weil sie denkt, es könnte die Zukunft verändern. Daran glaubt sie wirklich, und sie hat mir erzählt, wie gefährlich das ist.«

»Ich mache mir Sorgen um Sunny. Er könnte in Gefahr schweben.«

»Das kannst du nicht wissen. Schlaf jetzt.«

Endlich döste Kiri ein, aber der Schlafmangel machte den Unterricht am nächsten Tag ziemlich unerträglich. Auch in den folgenden Nächten schlief sie schlecht.

Als ihr Vater am Freitag heimkam, konnte sie die Augen kaum noch offen halten. Gut gelaunt betrat er das Haus.

»Steph und ich haben uns geeinigt. Wir sind wieder zusammen, unter der Bedingung, dass sie nie wieder anbietet, meine Firma zu retten. Sie ist für ein paar Tage in England und will das mit uns feiern. Wir gehen morgen alle zusammen zum Pferderennen. Marina und Roxana können auch mitkommen, wenn sie wollen.«

Kiri umarmte ihren Vater. »Ist das cool.« Sie freute sich auf das Pferderennen, aber was Steph anging, hatte sie noch immer Bedenken.

Am nächsten Tag stand Kiri früh auf, um ihre Arbeit im Stall rechtzeitig zu schaffen. Dort traf sie William, der eine morgendliche Trainingsstunde bei Jen absolvierte. Aggie hatte ein paar zusätzliche Hindernisse besorgt, und Kiri beobachtete beklommen, wie William den mittlerweile großen Parcours auf dem Außenplatz in Angriff nahm. Unter Jens wachsamen Blicken ritt William besser, und auch Sunny wirkte selbstsicher. Kiri war zwiegespalten: Einerseits war sie froh, dass es Sunny gut ging, andererseits fühlte sie sich schlecht, weil es nicht sie war, die ihn ritt.

Wieder daheim schlüpfte sie schnell in ihren einzigen eleganten Rock und die Seidenbluse, die Steph ihr zu Weihnachten geschenkt hatte. Da erschien auch schon Steph selbst mit viel Tamtam und verteilte Küsschen und Päckchen.

»Geschenke aus Amerika!«, flötete sie und überreichte Jim Champagner aus Kalifornien und Kiri die engsten Jeans, die sie je gesehen hatte.

»Danke.« Kiri umarmte Steph, fragte sich aber, ob die Jeans ein Bestechungsgeschenk sein sollten.

Sie stiegen alle ins Auto von Kiris Vater, einen alten Volvo, der den Geländewagen ersetzte. Ben verbrachte den Tag bei Tom. Marina musste arbeiten, aber Roxana war wegen der Einladung ganz aufgeregt – sie war noch nie bei einem Pferderennen gewesen. Als sie an der Pferderennbahn in Lingfield ankamen, waren die Mädchen ziemlich aufgekratzt.

»So feiere ich meine Scheidung und meine Rückkehr auf die Walland Farm«, verkündete Steph lächelnd, die in ihrem schwarz-weißen Outfit mit dem großen Hut umwerfend aussah. »Für Kiri gibt es die Pferde und für uns gutes Essen und Trinken. Du hast seit unserem letzten Treffen abgenommen, Jim.«

Weil Steph sie darauf aufmerksam gemacht hatte, erkannte Kiri das jetzt auch. Die Wangen ihres Vaters waren eingefallen, aber weil sie ihn jedes Wochenende sah, war ihr die allmähliche Veränderung nicht aufgefallen. Kiri hakte sich bei ihm unter und drückte ihn an sich. Obwohl ihre Beziehung Höhen und Tiefen hatte, ängstigte Steph offenbar der Gedanke, dass Jim krank sein könnte.

»Was ist los, Dad?«

»Nur müde und überarbeitet – das ist alles. Nichts, was ein Tag auf der Pferderennbahn nicht heilen könnte.«

Steph hatte ihnen Plätze auf der Haupttribüne besorgt und im Restaurant einen Tisch mit guter Aussicht auf die Rennbahn reserviert.

»Lasst uns essen gehen«, meinte Steph. »Dann konzentrieren wir uns anschließend auf das Rennen.«

»An so einem Ort habe ich noch nie gegessen.« Roxana starrte ehrfurchtsvoll die Speisekarte an. Aber als das Essen kam, vergaß sie ihre Befangenheit und ließ sich die Vorspeise aus Meeresfrüchten, ein Filetsteak und schließlich einen Erdbeerkuchen schmecken, als würde sie jeden Tag so speisen.

Kiri beobachtete, wie ihr Vater mit Steph plauderte und scherzte. Es tat immer noch weh, ihn mit einer anderen Frau als ihrer Mutter zu sehen, aber es stand außer Frage, dass Steph ihn aufheiterte.

»Gibt es hier auch Hindernisse wie beim Downlands?«, fragte Roxana. Von einem Moment zum nächsten war Kiri so damit beschäftigt, ihre Freundin aufzuklären, die so gar keine Ahnung vom Pferdesport hatte, dass sie sich wegen ihres Vaters keine Sorgen mehr machte.

»Das ist ein Flachrennen, also gibt es keine Hindernisse. Und das heutige Hauptrennen ist der Probelauf fürs Derby – das ist das wichtigste Flachrennen in Großbritannien. Der Gewinner verdient als Zuchthengst Millionen.« Kiri suchte ihnen einen guten Aussichtsplatz, um die Pferdeparade vor dem ersten Rennen zu beobachten. »Wenn du einen Sieger entdecken willst, halte Ausschau nach einem Pferd, das in guter Verfassung ist und nicht vor Aufregung herumhüpft.«

»Im Vergleich zu Sunny sind die ja mager.«

»Weil es dreijährige Vollblutpferde sind, nur auf Geschwindigkeit gezüchtet. Sunny ist zwar teils Vollblut, aber auch Lusitano, deswegen ist er so perfekt fürs Vielseitigkeitsreiten.«

Jim und Steph gesellten sich zu den Mädchen.

»Zum Wetten seid ihr noch zu jung, ihr könnt mich aber beraten, auf wen ich mein Geld setzen soll«, meinte Steph zu Kiri.

»Der Graue scheint gut in Form zu sein.« Kiri hoffte, ihr Fachwissen würde sich auszahlen.

»Ich mag die Nummer zwölf«, erwiderte Roxana. »Er hat ein schönes Gesicht, und ein Mädchen reitet ihn.«

Steph ging, um die Wetten zu platzieren, und sie trafen sich auf dem obersten Rang der Haupttribüne wieder. Sobald die Pferde die Startmaschinen verlassen hatten, kam Leben in die Zuschauermenge auf der Tribüne, sie schien vor gespannter Erwartung zu summen. Als die Pferde die Kurve zur letzten Geraden nahmen, explodierte die Stimmung. Der Graue lag in Führung, bis der Favorit sich vorbeidrängte, aber das Mädchen auf Roxanas Lieblingspferd hatte immer noch eine Chance. Sie kämpfte sich voran, bis Sweetface, wie Roxana das Pferd getauft hatte, eine Nasenlänge vorn lag.

Als die Reiter das Ziel überquerten, war nicht zu erkennen, wer in Führung lag, so eng war das Feld. Nach einer kurzen Pause gab der Ansager Sweetface als Sieger des Rennens bekannt, und Kiri klopfte Roxana auf die Schulter.

»Gut gewählt!«

»Anfängerglück«, meinte Roxana und errötete. Aber augenscheinlich war sie überglücklich, das Gewinnerpferd ausgesucht zu haben.

Kiri freute sich am meisten auf das Hauptrennen, vor allem wegen des Favoriten, Foxfire, der in einem Stall in den South Downs trainiert wurde. Nachdem er beim 2000-Guineas-Stakes-Rennen auf dem zweiten Platz gelandet war, wurde er als der heiße Tipp für das Derby gehandelt. Kiri gefiel er aber vor allem wegen seiner Farbe – er war ein feuriger Fuchs. Als verkündet wurde, dass er nicht antreten würde, war sie sehr enttäuscht. Es wurde kein Grund genannt, und nach einem kollektiven Aufseufzen strömten die Massen zu den Fernsehbildschirmen, um mehr zu erfahren.

»*Gestohlen.*« Das Wort verbreitete sich wie ein Lauffeuer. Kiri drängte sich näher an den Bildschirm.

»Über Nacht aus der Box verschwunden … Belohnung ausgesetzt … Sussexer Polizei startet eine große Suchaktion … erinnert an Shergar, den Gewinner des Irischen Derbys, der 1983 von maskierten, bewaffneten Räubern aus einem Gestüt gestohlen und nie gefunden wurde …«

Kiri lief es eiskalt über den Rücken. Pferdediebe trieben in der Gegend ihr Unwesen! Ihr war klar, dass Diebe, die Derby-Favoriten stahlen, sich nicht mit Aggies kleinem Hof abgaben – trotzdem konnte sie ein Schaudern nicht unterdrücken. Eddie hatte ihr die Geschichte von Shergar erzählt, und sie hatte sich vorgestellt, wie er verlassen und halb verhungert erschossen wurde, bevor man die Leiche beseitigte. War das die Gefahr, die Roxanas Urgroßmutter Cosmina vorhergesehen hatte?

Kiri wollte den anderen nicht die Laune verderben, also schob sie ihre Sorgen beiseite und wandte sich wieder dem Rennen zu. Sogar ohne Foxfire war es spannend, aber die Magie des Tages war verflogen. Als sie die Rennbahn verließen, bestand Steph großzügig darauf, ihren Gewinn zwischen den zwei Mädchen aufzuteilen. Roxana ging mit einer neu entfachten Liebe fürs Pferderennen nach Hause.

Kiri hatte der Tag auch sehr gefallen, aber sie konnte nicht aufhören, an Foxfire zu denken – und an die Qualen, die sein Besitzer durchmachen musste.

Kapitel 20

Kiri freute sich auf die Ferien, auch wenn sie Sunny nicht reiten konnte. Ihr Vater hatte sich freigenommen und wollte die ganze Woche auf der Walland Farm verbringen. Er hatte angedeutet, dass Steph zu ihnen stoßen könnte. Kiri bemerkte, dass es ihr nichts ausmachte, Steph wieder öfter zu sehen. So war es ein doppelter Schlag, als der Besuch abgesagt wurde und ihr Vater geschäftlich zurück in den Norden musste.

»Mach dir nichts draus«, tröstete Roxana sie. »Mum und ich bleiben die ganze Woche bei dir, und wir unternehmen was mit Ben.«

Die Gesellschaft ihrer Freundin munterte Kiri auf. Als Jen anrief und sie fragte, ob sie sich bei einem Dressur- und Springturnier, an dem William teilnahm, um Sunnys Pflege kümmern wollte, hätte sie fast abgesagt.

»Geh nur«, meinte Roxana. »Es wird dir Spaß machen, mit Sunny zusammen zu sein, und ich habe Ben.«

Kiri war dankbar, dass ihre Freundin sich so großzügig zeigte. Sie radelte nach Torebridge, wo Jen Sunny gerade in ihren Transporter lud. Kiri prüfte, ob sie das richtige Sattel- und Zaumzeug dabeihatten, und kletterte auf den Beifahrersitz.

»Welche Klasse reitet William?«

»Die fortgeschrittene. Er will sehen, wie sich Sunny gegen die besten Pferde schlägt – viele kommen zum Üben vor mehrtägigen Wettkämpfen hierher. Aber ich habe ihm geraten, nicht am Springen teilzunehmen. Die Hindernisse in dieser Klasse sind zu hoch.«

Sobald sie da waren, bereitete Kiri Sunny vor. Nachdem sie aus seiner Mähne einen andalusischen Zopf gemacht und seinen Schweif geflochten hatte, war noch genug Zeit, seinem Fell eine Extraportion Glanz zu verleihen und seine Hufe mit Öl zu polieren. Sie sattelte ihn gerade, als William mit seinem Vater ankam. Leichtfüßig schwang er sich auf Sunnys Rücken, und selbst Kiri musste zugeben, dass Pferd und Reiter zusammen umwerfend aussahen. William trug elegante Lederstiefel, eine gut geschnittene Jacke und eine weiße Halsbinde, die sein sonnengebräuntes Gesicht und seine grauen Augen betonte.

Auf dem Platz harmonierten die beiden sogar noch besser. William führte Sunny so wundervoll, dass er eher wie ein olympischer Dressurreiter als wie ein Vielseitigkeitsreiter wirkte. Sunny schwebte über die Mittellinie und umkreiste den Platz mit einer Mischung aus Kraft und Eleganz, die schwer zu übertreffen war. Als William sich zur Verbeugung in der Mitte einfand, hörte Kiri aufgeregtes Raunen auf den Rängen.

»Wer ist das?«

»William Harding. Ein neues Gesicht im Vielseitigkeitsreiten.«

»Mit so einem Pferd kann er es zu etwas bringen.«

Kiri glühte vor Stolz auf Sunny, und auch eine gewisse Bewunderung für William musste sie sich eingestehen.

Der teilte ihre Begeisterung über Sunnys Auftritt, als er überschwänglich von der Ergebnistafel zurückkam.

»Ich bin Erster – allen anderen haushoch überlegen, und nur drei Reiter sind noch dran. Dabei gibt es richtige Champions in meiner Klasse wie Zara Phillips und Pippa Funnell. Selbst mein Vater war beeindruckt – oder wird es sein, wenn ich gewinne.« Er zögerte kurz. »Ich trete zum Springreiten an. Auch wenn ich ein Hindernis nicht schaffe, gewinne ich noch.«

»Bist du sicher?« Jen runzelte die Stirn. »Daheim läuft es mit Sunny gerade so gut, und es wäre eine Schande, ihn jetzt mit zu schwierigen Hindernissen zu überfordern. In der nächsten Qualifikationsrunde muss er nicht so hoch springen.« Jen hatte Kiri schon erzählt, dass William noch hoffte, sich für die U-18-Landesmeisterschaften zu qualifizieren.

»Ich tue es«, antwortete er und ging, um den Parcours abzulaufen.

»Kannst du ihn nicht davon abhalten?«, fragte Kiri.

»Wie denn?« Jen biss sich auf die Lippe. »Das ist alles die Schuld seines Vaters. Immer setzt er William unter Druck.«

Entmutigt legte Kiri Sunny das Zaumzeug für das Springreiten an. Warum musste William immer alles bis zum Äußersten ausreizen? Beim Anblick der Hindernisse auf dem Parcours blieb ihr die Luft weg.

Als William gestartet war, drückte sie die Daumen, und bei den ersten fünf Sprüngen schien es zu helfen. Sunny wirkte ausgeglichen und selbstbewusst. Er konzentrierte sich auf die Hindernisse und übersprang sie scheinbar ohne jede Anstrengung, obwohl er noch nie mit so hohen Hürden trainiert hatte.

Die Probleme begannen, als William am anderen Ende des Platzes auf eine massive Mauer zuritt. Kiri bemerkte das Zögern in Sunnys Blick und ballte die Fäuste, betend, dass er weitermachen würde. Aber als William Sunnys Zaudern bemerkte, geriet er in Panik. Anstatt die Hände ruhig zu halten und Sunny mit den Schenkeln voranzutreiben, hob er die Gerte und versetzte dem Pferd einen heftigen Schlag. Verängstigt stürzte Sunny in die Mauer, ohne zu springen, und zerstörte sie komplett.

Wieder schlug William auf ihn ein, während er wütend darauf wartete, dass die Mauer wieder aufgebaut wurde. Kiri wusste, dass sie es nicht mehr schaffen konnten.

Bitte, bitte hör auf, dachte sie, bevor Sunny verletzt wird.

Sie warf Jen einen verzweifelten Blick zu und hielt sich an der Absperrung rund um den Parcours fest, durfte aber nicht eingreifen. Der Reiter musste seine Entscheidung allein treffen. Kiris Hände zitterten, als William das Hindernis erneut in Angriff nahm. Sunnys Ohren waren angelegt, als William ihn in den Galopp trieb. Das Pferd konnte der Situation nur dadurch entkommen, dass es sich im letzten Augenblick wegduckte und seinen Reiter in die Mauer fliegen ließ.

William verletzte sich nicht, aber seine Würde hatte ernsthaften Schaden erlitten. Er stieg wieder in den Sattel und verbeugte sich mit zusammengepressten Lippen vor den Richtern, bevor er den Platz verließ. Er war klug genug, sein Pferd nicht nach der Disqualifikation zu schlagen – zumindest nicht in der Öffentlichkeit, wo er gemeldet werden konnte. Aber so fest, wie er die Gerte umklammerte, hätte er genau das wohl am liebsten getan. Er stieg ab und warf Jen die Zügel zu.

»Er ist gefährlich. Nie wieder reite ich dieses Pferd.« Jen reichte Kiri die Zügel und rannte ihm hinterher, aber er schüttelte sie ab und stürmte auf die Zuschauertribüne zu seinem Vater.

Kiri führte Sunny in den Pferdetransporter und versuchte, *seine* verletzte Würde zu heilen. Er hielt den Kopf erhoben und die Ohren angelegt, um zu zeigen, dass er keinem Menschen mehr vertrauen würde, nicht einmal ihr. Sie nahm davon keine Notiz, schnappte sich einen Schwamm und wusch den Schweiß und die Wut weg. Sie strich über die Striemen, die da auftauchten, wo er geschlagen worden war, und flüsterte ihm beruhigende Worte zu. Langsam senkte er den Kopf, aber sobald sie sich seiner Hinterhand näherte, zuckte er zusammen.

Als sie in Torebridge ankamen, war er immer noch nervös, und das bereitete Kiri Sorgen.

»Wird er je wieder springen?«, fragte sie Jen.

»Natürlich. Wenn er seinem Reiter vertraut.«

»Aber was geschieht nun mit ihm?«

»Ich weiß nicht. Er könnte ein wundervolles Dressurpferd für William werden, aber ich glaube nicht, dass sie noch einmal zusammen antreten. Morgen rufe ich die Hardings an. Mal sehen, wie sie sich entscheiden, wenn William sich beruhigt hat.«

Die quälende Ungewissheit zog sich bis zur Mitte der Ferienwoche hin.

»Ich habe ihm Nachrichten hinterlassen und ihm geschrieben«, meinte Jen. »Aber William antwortet nicht.«

Kiri fand, dass auch sie besorgt wirkte. Ihre Pläne, ein Trainingszentrum für Vielseitigkeitsreiter aufzubauen, würden durchkreuzt, wenn William ihre Methoden schlechtredete.

»Das ist ungerecht. Es ist nicht deine Schuld, dass er so mies geritten ist«, sagte Kiri.

»Wenn sein Vater zusieht, reitet er immer schlecht. Grant Harding gibt ein Vermögen für seinen Sohn aus, aber er sorgt auch dafür, dass er das nie vergisst.«

Wäre William nicht so grausam zu Sunny gewesen, hätte Kiri fast Mitleid gehabt. Sie verglich Grant Harding mit ihrem eigenen Vater. Der war enttäuscht und wütend gewesen, als Eddie nicht auf die Universität wollte, aber letztendlich hatte er die Entscheidung seines Sohns respektiert. Und jetzt schrieben sie sich wöchentlich E-Mails.

Und was war mit ihr? Sie hatte ihren Vater dafür gehasst, dass er Sunny verkauft hatte, aber mittlerweile verstand sie auch seine Sicht der Dinge. Vielleicht war ihm wirklich nicht klar gewesen, wie sehr sie das verletzen würde. Und inzwischen wusste sie auch, wie ungeheuer viel so ein Vielseitigkeitspferd kostete. Sie sah die Rechnungen, die die Hardings bekamen, und bemerkte, wie Jen sparen musste, um Storms Unterhalt und die Startgelder zu bezahlen. Aber so unerreichbar Sunny für sie auch sein mochte, ihr Entschluss stand fest, ihn zurückzuholen. Und so blieb ihr fast die Luft weg, als Roxana ihr von Jen ausrichtete, sie solle so schnell wie möglich zum Reitstall kommen.

»Was ist passiert?«, fragte sie ängstlich.

»Ich weiß nicht. Jen meinte nur, es gebe gute und schlechte Nachrichten.«

Was war nur mit den Menschen los? Warum verstanden sie ihn nicht? Er hatte den Mann spüren lassen, dass das Hindernis zu hoch war. Aber der hatte nicht auf ihn gehört und dann die Beherrschung verloren. Sunny würde diese Schläge niemals vergeben oder vergessen. Der Schmerz und die Wut überwältigten ihn erneut. Er legte die Ohren an, und sein Kopf schoss nach vorn, bereit, jeden anzugreifen, der sich seiner Box näherte. Außer ihr. Sie wusste, wie sie ihn beruhigen und die Wut vertreiben konnte. Hätte sie ihn geritten, wäre das alles gar nicht erst passiert. Sie verstand ihn.

Kapitel 21

Kiri warf ihr Fahrrad gegen den Zaun vor Torebridge und lief zu Jen, die in ihrem Transporter Tee kochte.

»Was gibt es?«, fragte sie atemlos.

»Setzt dich hin und komm erst mal wieder zu Atem. Wir müssen viel bereden.«

Kiri wünschte, sie würde endlich mit der Sprache herausrücken.

»Zuerst die schlechten Neuigkeiten. William will Sunny verkaufen.« Jen legte Kiri, die ein Schluchzen unterdrücken musste, den Arm um die Schulter. »Aber sein Vater will so viel Geld wie möglich für ihn herausholen. Im Augenblick kennen alle guten Vielseitigkeitsreiter Sunny als begabtes Dressurpferd, das nicht springen will. Deswegen will Mr Harding, dass du die U-18-Landesmeisterschaften reitest. Wenn du ihn zum Springen bringst, ist er erwiesenermaßen ein Vielseitigkeitspferd und eine Menge wert.«

Kiri war gespalten. Die Aussicht, Sunny bei den Landesmeisterschaften zu reiten, ließ ihr Herz schon jetzt vor Aufregung höherschlagen. Aber bei seinem Verkauf zu helfen, war nichts anderes als Verrat. Und ihn die ganzen Sommerferien lang zu trainieren und gemeinsam bei den Meisterschaften anzutreten, würde den Abschied noch schwerer machen.

»Ich kann es nicht tun.« Die Worte schmerzten sie.

»Aber wenn du gut abschneidest, trägst du dazu bei, dass er ein gutes Zuhause findet, wo sein wahrer Wert anerkannt wird.«

»Dann *muss* ich es tun.« Kiri rannte zu Sunny und vergrub ihr Gesicht in seiner Mähne.

»Ich reite dich den ganzen Sommer über und beweise allen, dass du das beste Pferd der Welt bist. An das, was danach kommt, denke ich gar nicht.«

Im Juni hatte sie alle Hände voll zu tun. Sie lernte für die Prüfungen und ritt mit Sunny aus, sooft es ging. An den milderen Abenden konnte sie nach der Schule mit Sunny trainieren, aber das hieß, dass sie bis spät in die Nacht lernen musste. Ihr Vater würde seine Forderung, dass sie in Mathe und Biologie überragende Leistungen bringen musste, nicht zurückziehen. Aber Kiri hatte Angst, dieses Ziel nicht zu erreichen und den ganzen Sommer lang nicht reiten zu dürfen. Roxana arbeitete ebenfalls hart für die Schule. Sie hoffte auf gute Ergebnisse in Spanisch und betete, dass sie die Englisch- und Matheprüfungen bestehen würde.

Auch für Kiris Teilnahme an der Landesmeisterschaft in Oxfordshire gab es viel zu organisieren. Ihr Vater musste seine Einwilligung geben, damit sie sich bei der Britischen Reiterlichen Vereinigung anmelden konnte. Dort Mitglied zu werden, kostete Geld.

»Grant Harding ist wirklich geizig«, meinte Jen. »Ich musste ihn richtig unter Druck setzen, damit er deine Mitgliedschaft und Sunnys Startgeld bezahlt. Und wie William schon vermutet hat, weigert er sich, dir für Sunnys Training etwas zu geben.«

Die Idee, Geld dafür zu bekommen, dass sie Sunny ritt, war Kiri gar nicht in den Sinn gekommen, also war ihr das egal. Dann aber kam ihr ein schrecklicher Gedanke. »Was ist mit den Trainingseinheiten bei dir – zahlt er dafür?«

»Die sind in den Kosten für den Stall enthalten.« So

schnell, wie Jens Antwort kam, wusste Kiri sofort, dass es gelogen war.

»Du brauchst das Geld für Storm. Und ich kann es mir nicht leisten, dich zu bezahlen.«

Jen sah ihr geradewegs ins Gesicht. »Wir wissen beide, wie dringend du das Training brauchst – um die Dressur zu üben und Sunnys Vertrauen ins Springen wieder aufzubauen. Ich weiß, dass du nicht zahlen kannst, also sehe ich es als Investition.«

»Wie meinst du das?«

»Wenn du bei der Meisterschaft gut abschneidest, fällt das auf mich als Trainerin zurück, und ich bekomme Kunden.«

Eine ganz schöne Verantwortung, dachte Kiri. Sie fragte sich, wie sie damit leben sollte, wenn sie scheiterte. Dann würde Jen keine Kunden bekommen, und Sunny konnte sich nicht als Vielseitigkeitspferd beweisen.

Doch wie sich herausstellte, würde Jen nicht nur auf einen Reiter angewiesen sein, um ihre Fähigkeiten als Trainerin unter Beweis zu stellen. Kiri hatte angenommen, dass William sich kein neues Pferd leisten konnte, bis Sunny verkauft wäre. Aber zwei Wochen später rief er Jen an und verkündete, er hätte seinen Vater überzeugt, ihm das Geld vorzuschießen.

»Wenn du mir einen Rabatt gibst, weil ich zwei Pferde bei euch unterstelle, kann es am Wochenende gebracht werden.«

Als sich die Rampe des Transporters senkte, kam ein über 1,70 Meter großes kastanienbraunes Vollblut heraus, neben dem Sunny klein wirkte. Kiri brachte in Erfahrung, dass Stanford ein zehnjähriges Vielseitigkeitspferd war, dafür berühmt, beim Springreiten und beim Geländeritt kaum Fehler zu machen. Und Kiri lernte, seiner Hinterhand viel Platz zu lassen. Stan hielt seine

Ohren gern angelegt und trat mit den Hufen nach allem, was ihm in den Weg kam – egal, ob Pferd oder Mensch.

Aber Jen befand ihn für gut. Sie meinte, Stan wäre genau das, was William brauchte, um sich noch in aller Eile für die Meisterschaft zu qualifizieren: ein erfahrener Springer, dessen Dressur noch verbessert werden konnte. Und er war nicht so sensibel wie Sunny. Williams Temperament würde ihm nichts ausmachen.

Kiri wünschte sich, William wäre nicht wiedergekommen. Sie fürchtete, er würde sie auslachen, wenn sie versuchte, Sunny auf die Dressur vorzubereiten. Und auch seine Einstellung gegenüber Jen gefiel ihr nicht. Immer verlangte er all ihre Aufmerksamkeit, und Kiri fühlte sich ausgeschlossen.

Vor allem wollte sie nicht, dass William auf den Ausritt in die South Downs mitkam. Sie freute sich schon darauf, tagsüber mit Jen und Storm zu reiten und abends mit Roxana Spaß zu haben. William würde dem nur im Weg stehen. Aber sie hätte sich nicht zu sorgen brauchen. Als er hörte, dass sie campen würden, hielt er die ganze Idee für lächerlich.

»An einem Kinderausflug auf Ponys habe ich kein Interesse. Außerdem braucht Stan eine Woche vor dem Wettkampf Training. Es ist seine letzte Chance, sich für die Meisterschaft zu qualifizieren.«

Kiri wusste immer noch nicht, welches Pferd Aggie ihr für den Ausritt geben wollte. Greyling war zu alt und Maisie zu klein. Sie fragte Jen, ob sie eine Idee hätte.

»Warum nimmst du nicht Sunny?«

»Das wäre traumhaft!« Die Aussicht, vier Tage und drei Nächte mit Sunny im Hügelland zu verbringen, ließ Kiris Herz einen Schlag aussetzen.

»Du musst William fragen, aber ich wüsste nicht, was dagegensprechen sollte.«

Eine Woche dauerte es, bevor Kiri den Mut fasste, William darum zu bitten. Schließlich fand sie einen geeigneten Augenblick, direkt nachdem Jen ihn für eine Übung mit Stan gelobt hatte.

»Kann ich Sunny auf den Reitausflug mitnehmen? Das fördert auch seine Kondition.«

William zögerte und wollte schon Nein sagen, aber Jen überzeugte ihn, dass es Sunny guttun würde.

Endlich war es abgemacht: Sunny begleitete Kiri auf den Ausritt. Kiri sehnte sich danach, dass endlich die Ferien anfingen und der Ausflug losging, aber davor lagen noch die Prüfungen.

Wie es der Teufel wollte, fielen die Prüfungen in Biologie und Mathe auf denselben Tag.

»Ich kann es nicht fassen«, meinte Roxana. »Das ist so ungerecht.«

»Wenigstens ist es dann schnell vorbei.«

Es war der Tag vor der entscheidenden Schlacht, wie Kiri es gern nannte, und sie paukten auf der Walland Farm bis in die Nacht hinein.

»Wer ist Pythagoras, und warum sollte ich etwas über ihn wissen?«, klagte Roxana. »Und was in Gottes Namen ist eine Hypotenuse?«

Kiri riss sich von einer Gleichung los, mit der sie den Wochenlohn eines Klempners berechnen sollte, und erklärte den Satz des Pythagoras, so gut sie konnte.

»Bei dir klingt das viel einfacher als im Unterricht.« Roxana sah schuldbewusst auf die Uhr. »Jetzt hast du mir eine Stunde lang geholfen, anstatt selbst zu üben.«

»Macht nichts. Ich habe es satt, den Lohn eines Klempners auszurechnen. Es kommt sowieso eher eine Frage, wie viel Bankkaufleute verdienen. Und darauf weiß ich die Antwort.«

»Wie viel denn?« Roxana hob erschreckt die Augenbrauen.

»Millionen. Zu viele von ihnen jedenfalls.« Kiri grinste und schob das Mathebuch zur Seite. »Wir sollten jetzt schlafen.«

Als Kiri am nächsten Morgen den Mathetest aufschlug, nahm sie es als gutes Omen, dass die erste Frage sich um den Satz des Pythagoras drehte. Selbstsicher löste sie die Aufgabe und bearbeitete den Rest der Prüfung so schnell, wie Ben sein Essen hinunterschlang.

Biologie am Nachmittag war um einiges schwieriger. Schon der erste Blick auf die Fragen ließ Kiri erstarren, und zehn Minuten lang saß sie einfach nur da, ohne einen Finger zu rühren. Doch dann erinnerte sie sich plötzlich daran, wie Sunny sich geweigert hatte, in die Startbox zu gehen. Sie tat gerade genau dasselbe. »Los«, befahl sie sich und begann zu schreiben.

»Wie ist es gelaufen?«, wollte Roxana später wissen.

»Mathe war okay, aber Bio …«

»Ich fand beides schrecklich, außer Pythagoras.«

Als alle Prüfungen vorbei waren, stürzte Kiri sich wieder aufs Reiten. Neben dem Training machte sie mit Sunny auch lange Ausritte ins Moor. Als sie am Damm entlang über ein sonnenbeschienenes Feld galoppierte, entdeckte sie einen Hasen. Bewegungslos kauerte er auf dem Boden, in der Hoffnung, der Bussard über ihm würde ihn nicht bemerken. Sie selbst fühlte sich genauso wie der Hase, nur dass der Bussard ihre Biologienote war.

Das Ergebnis fiel aus wie erwartet. In Mathe war sie Klassenbeste, in Biologie aber nur Dritte, trotz all der Stunden, die sie mit Lernen verbracht hatte.

»Mathe hast du super hinbekommen.« Roxana selbst konnte sich über gute Ergebnisse in Englisch und

Spanisch freuen, auch wenn ihre Mathearbeit miserabel ausgefallen war. »Und in Bio wärst du fast Zweite geworden. Womöglich ändert dein Vater seine Meinung noch.«

»Vielleicht kann ich weiter im Stall arbeiten, aber auf den Ausritt darf ich bestimmt nicht mit.« Kiri war am Boden zerstört.

Als sie am Freitag das Auto ihres Vaters in der Einfahrt hörte, hatte Kiri auf dem Küchentisch schon eine Flasche seines Lieblingswhiskeys bereitgestellt.

»Schlechte Nachrichten?«, fragte er mit einem Blick auf ihre zitternden Lippen.

»Klassenbeste in Mathe, in Bio nur Dritte.«

Er wollte noch ihre Noten in den anderen Fächern wissen, dann umarmte er sie überraschenderweise. »Du hast hart gearbeitet und wirklich Tolles geleistet. Aber in Mathe scheinst du doch nicht so gut zu sein, wie du vielleicht denkst.«

»Wie meinst du das?«

»Der Durchschnittswert von eins und drei ist zwei.«

»Ja …« Kiri hatte keine Ahnung, worauf er hinauswollte.

»Also ist einmal Beste und einmal Dritte im Durchschnitt Zweite – und mehr wollte ich nicht. Gut gemacht!« Er holte seinen Geldbeutel hervor und zählte fünf Zwanzig-Pfund-Scheine in ihre Hand. »Für den Ausritt in die South Downs. Den hast du dir redlich verdient.«

Kapitel 22

Es war der perfekte Morgen: Die Sonne strahlte, aber eine kühle Brise ließ die Pferde schnauben, als sie am Bignor Hill aus den Transportern und Anhängern geholt wurden. Der Bignor Hill lag auf der Hälfte des Weges durch die South Downs. Aggie hatte den Ausritt durch das Hügelland in den letzten Jahren abwechselnd in westliche und östliche Richtung geplant. Dieses Jahr wählte sie wieder den Pfad nach Osten, von Bignor nach Eastbourne – eine Strecke von siebzig Kilometern. Kiri hatte das Gefühl, in einer anderen Zeitzone gelandet zu sein – an einem Ort, an dem sie so tun konnte, als würde Sunny ihr gehören, und an dem sie alle Sorgen vergessen durfte.

Zwanzig Pferde und Ponys, zusammen mit etlichen Fahrradfahrern, nahmen an dem Ausflug teil. Der Parkplatz war ein einziges Chaos. Die Tiere wurden gesattelt, Fahrradreifen überprüft, und dazwischen wuselte Aggies Team aus freiwilligen Helfern herum und sorgte dafür, dass niemand seine Wasserflasche und Sonnencreme vergaß. Die Helfer würden jeden Tag das Gepäck, die Zelte und das Futter für die Tiere zu den Farmen auf ihrer Route bringen. Dort hatte Aggie Weide- und Campingplätze arrangiert.

Kiri winkte den Fahrradfahrern zum Abschied, sie starteten vor den Reitern. Viele von ihnen hatten Hunde mitgebracht, und auch Ben lief aufgeregt neben Roxana her. Sie hatte sich überzeugen lassen, ihren Drahtesel gegen Eddies Fahrrad mit Gangschaltung zu tauschen.

Bevor die Reiter aufstiegen, schärfte Jen ihnen noch ein, sich in Zweierreihen aufzustellen und genug Abstand voneinander zu halten. Die Pferde sollten nicht meinen, es handele sich um ein Rennen.

»Ich reite voraus, Kiri McFarlane macht das Schlusslicht. Wenn irgendjemand Schwierigkeiten hat, hilft Kiri euch.«

Kiri war stolz, dass sie das hintere Ende absichern durfte, aber sie hoffte, dass Sunny nicht auf dumme Ideen kommen würde. Schon jetzt tänzelte er nervös herum. Einige Reiter wirkten ähnlich aufgeregt und waren froh, den Aufsitzblock am Rande des Parkplatzes benutzen zu können. Kiri ließ Sunny warten, bis die letzten beiden Reiter ein Stück voraus waren, bevor sie aufsaß und hinterherritt.

Bignor Hill war einer der höchsten Punkte auf ihrer Route. Der Anblick der unter ihr liegenden Wiesen und Felder gab Kiri das Gefühl, eine Lerche zu sein, die über der Welt schwebte.

Als die Reiter am Abend endlich den Campingplatz erreichten, waren sie den Helfern und Radfahrern dankbar, dass sie bereits die Zelte aufgestellt und ein Lagerfeuer entfacht hatten. Nachdem sie Sunny abgerieben und ihn zu den anderen Pferden gestellt hatte, fand Kiri Roxana, die ganz begeistert von dem Ausflug erzählte.

»Das Rad lief so gut, und Ben war super. Er ist die ganze Zeit bei mir geblieben und hat nicht gejagt. Nicht einmal, als ich fast ein Schaf überfahren hätte.«

Die beiden teilten sich ein Zelt, und auch Ben schlüpfte zu ihnen herein.

Mit dem Wetter hatten sie Glück, aber Kiri hatte das Gefühl, als wäre es die Ruhe vor dem Sturm. Jeden Morgen erwachten sie unter einem strahlend blauen Himmel, und Kiris Arme und Gesicht nahmen nach und nach eine tiefgoldbraune Farbe an. Am letzten Abend zelteten sie bei einer Farm in der Nähe des Hofs, von dem Foxfire gestohlen worden war. Der Bauer setzte sich zu ihnen ans Lagerfeuer und konnte von nichts anderem sprechen.

»Er war ein tolles Pferd, Millionen wert. Ich habe gehört, der Besitzer ist vollkommen verzweifelt.«

»Haben Sie etwas Auffälliges bemerkt?«, wollte Jen wissen.

»Am Tag zuvor parkte ein Van auf dem Weg, aber das Nummernschild habe ich mir nicht gemerkt.«

»Schade.«

»Ich habe mitgekriegt, wie der Fahrer mit einem anderen Kerl zum Van gelaufen ist. Viel habe ich nicht gehört, aber einer erwähnte den Namen Mark, und dann sagte er etwas Komisches. Hörte sich an wie ›No Rock‹, aber das ergibt keinen Sinn.«

Plötzlich stand Roxana auf, obwohl ihr Teller noch voll war. Als sie nach einer Weile nicht zurückkam, ging Kiri sie suchen. Sie fand ihre Freundin am Gatter der Koppel, auf der Sunny und die anderen Pferde grasten. Tränen liefen ihr über die Wangen, und sie umklammerte das Tor so fest, als wollte sie es aus den Angeln heben.

»Was ist los?«

Roxana schluckte laut, antwortete aber nicht.

»Du kannst nicht einfach hier stehen und weinen, ohne mir zu sagen, warum.«

»Ich weiß, woher die Männer kamen.«

»Woher?«

»No Rock. Der Bauer versteht das nicht, ich schon. ›Noroc‹ heißt auf Rumänisch ›Viel Glück‹. Einer der Männer wünschte dem anderen viel Glück, am Tag bevor Foxfire gestohlen wurde.«

»Du weißt doch gar nicht, ob das die Diebe waren.

Genauso gut könnte das eine ganz harmlose Bemerkung gewesen sein.«

»Ich kenne jemanden namens Marcu. Kein netter Mensch. Aber wenn ich das der Polizei melde, machen sie bei allen Rumänen in der Gegend eine Razzia. Und dann hasst mich meine Familie.«

Kiri legte den Arm um Roxana. »Du hast keine Beweise. Die Männer haben, soweit der Bauer das gesehen hat, nichts Böses getan. Und vielleicht hat er sich verhört. Die Polizei würde nur lachen, wenn du ihnen das erzählst, was du mir gerade gesagt hast.«

Roxana wischte sich die Tränen mit ihrem Ärmel vom Gesicht. »Ich will nicht zur Polizei. Aber was glaubst du, wie ich mich fühlen würde, wenn sie Sunny oder sonst ein Pferd stehlen würden und ich nichts getan hätte, um die Diebe aufzuhalten.«

»Das wird nicht passieren. Wer auch immer Foxfire jetzt hat, ist zu sehr auf der Hut, um mit einem weiteren Diebstahl auf sich aufmerksam zu machen.«

Die Mädchen gingen zurück zu ihrem Zelt. Nach einer Weile wurde Roxanas Atmung ruhiger, aber Kiri lag noch lange wach. Sie konnte das Bild von Foxfire und seinem trauernden Besitzer einfach nicht aus ihrem Kopf vertreiben.

Kapitel 23

Als sie von dem Ausritt in den South Downs zurück waren, rief Jen William und Kiri zu sich, um Kriegsrat zu halten, wie sie es nannte. William hatte sich am Wochenende zuvor mit Stan erfolgreich für die Landesmeisterschaft qualifiziert.

»Eure Qualifikation habt ihr perfekt hinbekommen«, lobte Jen, »aber die Meisterschaft ist noch mal eine andere Nummer. Ich will euch beide unter den Preisträgern sehen, aber dafür müssen wir hart arbeiten.«

Sie erklärte, dass die Meisterschaft über drei Tage ging: Dressur an Tag eins, am nächsten Tag der Geländeritt und zuletzt das Springreiten.

»Keine Sorge«, meinte Jen. »Ich helfe euch, so gut ich kann, und bald beginnt schon das regionale Trainingslager für die Teilnehmer.« Sie ermahnte William und Kiri, dass sie genauso fit sein mussten wie ihre Pferde. »Wir machen einen Strandlauf – das macht Spaß.«

Am nächsten Tag liefen sie Seite an Seite am Strand bei Camber los, nur Ben rannte fröhlich voraus. Jens Augen glitzerten schadenfroh, als sie Kiri und William aufforderte, mit ihr mitzuhalten. Kiri bemerkte Williams entschlossenen Gesichtsausdruck. Von einem Mädchen geschlagen zu werden, würde er sicher schlimm finden. Er überholte Kiri mit hohem Tempo, aber sie wusste, wie sie sich ihre Kraft einteilen musste. Als Jen und William schließlich anhielten, lag sie nicht weit zurück. William ließ sich keuchend in den Sand fallen, aber Kiri und Jen kamen bald wieder zu Atem. Sie saßen auf dem Boden und beobachteten Ben, der einen Windsurfer jagte.

»Ich liebe diesen Teil der Welt.« Jen lächelte. »Sieh nur, wie das Meer dort, wo das Wasser tiefer wird, seine Farbe ändert.«

»Eis?«, bot William an. »Nach diesem Lauf brauchen wir etwas Kaltes.«

Als er sich zu einem Café aufmachte, meinte Jen zu Kiri: »William ist gar nicht so schlimm.« Sie sah ihm nach. »Denk nur an den Druck, unter dem er steht.«

Kiri schüttelte den Kopf. »Er hätte Sunny nicht so schlagen dürfen.«

»Nein, hätte er nicht.« Jen seufzte. »Aber so einen Vater wollte ich auch nicht haben.«

Am Tag bevor das Trainingslager begann, fuhr Jen die zwei Pferde und Kiri zu dem Schulungszentrum, wo Marianne Jackson schon auf sie wartete.

»Ihr seid die Ersten hier, also könnt ihr euch die Boxen aussuchen.«

Kiri führte die Pferde in nebeneinanderliegende Boxen und holte Sättel und Zaumzeug. Dabei war sie so nervös, dass sie über die Zügel stolperte.

»Entspann dich«, riet ihr Jen. »Du wirst hier viel Spaß haben.«

Trotzdem fühlte sich Kiri einsam, als sie Jen zum Abschied winkte. Einige andere Teilnehmer luden schon ihre Pferde aus und plauderten dabei laut miteinander, aber Kiri war zu schüchtern, um sich dazuzugesellen. Sie fühlte sich wie eine Hochstaplerin unter all diesen selbstbewussten, reichen jungen Leuten.

William kündigte sich, wie gewohnt, mit quietschenden Reifen an und kam gerade noch rechtzeitig zur ersten Teambesprechung. Mrs Jackson hieß alle willkommen und klärte sie über ihre Rolle als Teammitglieder auf.

»Ihr tretet gleichzeitig als Einzelpersonen und als Team an. Als Einzelne steht ihr im Wettstreit mit den anderen Teammitgliedern, aber gemeinsam wollt ihr die sieben anderen Regionalteams schlagen. Das Team hat Vorrang, also will ich, dass ihr euch gegenseitig unterstützt und ermutigt.«

Kiri bemerkte, dass sie die Luft anhielt. Der Druck, unter dem sie stand, war wirklich gigantisch. Sie musste nicht nur dem Team gerecht werden, sondern auch Jens Ruf und Sunnys Zukunft.

Die meisten Reiter blieben zwar im Schulungszentrum, aber William und ein Mädchen namens Sarah entschlossen sich, abends nach Hause zu fahren.

»Brauchst du eine Mitfahrgelegenheit?«, fragte William Sarah.

»Das wäre super. Aber ich muss mein Pferd erst fertig machen.«

»Kiri bleibt hier und sieht nach meinen beiden. Bestimmt übernimmt sie dein Pferd auch gern.«

Kiri warf William einen bösen Blick zu, sagte aber nichts. Sie sah keinen Grund, warum sie Sarahs Pferd versorgen sollte. Aber wenn das bedeutete, Teil des Teams zu sein, musste sie wohl nachgeben.

»Der will dich wohl veräppeln?« Ein Junge mit verstrubbeltem braunem Haar und tiefblauen Augen war neben sie getreten. »Wenn du willst, gehe ich dir zur Hand. Ich bin übrigens Sam Paxman.«

»Danke.« Kiri lächelte schüchtern. Vielleicht würde sie hier doch noch Freunde finden.

Nachdem sie die Pferde für die Nacht versorgt hatten, gingen Sam und Kiri zum Abendessen mit den anderen ins Reitzentrum. Die meisten waren siebzehn oder achtzehn und durften in ihren Pferdetransportern schlafen. Nur Kiri und ein fünfzehnjähriges Mädchen namens Viv bekamen ein Zimmer im Zentrum.

Viv hatte langes rotes Haar und Sommersprossen, außerdem schien sie immer zu lachen. »Weißt du schon, dass Sam die Fünf-Sterne-Suite bekommen hat?«

Als Kiri verdutzt dreinblickte, erklärte Sam, dass er die Nacht auf dem Boden seines Pferdeanhängers verbringen würde.

»Ist das okay für dich?«, wollte Kiri wissen.

»Ich bin es gewohnt.« Sam zuckte die Achseln. »Wir hatten nie das Geld für einen Pferdetransporter mit Wohnbereich.«

Also war sie doch nicht die Einzige ohne Geld! Kiri war erleichtert.

Am nächsten Tag trainierten alle acht Pferde für die Dressurprüfung der Meisterschaft. Kiri war als Letzte an der Reihe. Zwar machte sie keinen Fehler, aber sie ließ Sunny über den Platz schlurfen wie einen Esel.

»Gut geritten«, kommentierte Mrs Jackson. »Aber du könntest viel mehr aus Sunny herausholen.«

»Ich zeig es dir«, bot William an.

Kiris Gesicht brannte. William tat so, als würde er ihr helfen, um den Teamgeist zu stärken, aber sie fühlte sich gedemütigt. Wie gewohnt wirkte Sunny unter Williams Führung größer, stärker und kraftvoller.

Kiri war den Tränen nahe. Nachdem William Sunny geritten hatte, lief es viel besser, und Kiri spürte die Kraft des Pferdes unter ihr. Wenn sie Sunny doch nur selbst so weit bringen könnte.

Früh am folgenden Tag mistete Kiri alle drei Boxen aus und verteilte Futter, bevor sie mit Sam und Viv frühstückte. Da stürmte William in die Kantine.

»Die Pferde sind noch nicht hergerichtet.«

»Wir fangen nicht vor zehn an, also haben wir noch genug Zeit«, meinte Kiri, die sich gerade Marmelade auf ihren zweiten Toast strich.

»Nein, haben wir nicht! Ein Journalist kommt in einer Viertelstunde. Er will einen Artikel über mich schreiben.«

Sam zog die Augenbrauen hoch. Kiri war sich sicher, dass er sie für eine Idiotin hielt, weil sie immer sofort aufsprang, wenn William etwas wollte. Aber Sam hatte es leichter als sie. Auch wenn er knapp bei Kasse war, hatte er doch immerhin ein eigenes Pferd und konnte tun und lassen, was er wollte. Kiri stopfte sich den Toast in den Mund und lief William zu den Ställen hinterher.

»Kannst du Sundancer schnell einen Zopf flechten? Stans Mähne kann offen bleiben, aber ich will betonen, dass Sunny von einem Lusitano-Hengst abstammt.«

Kiri beeilte sich, und als Sunny gestriegelt und seine Mähne geflochten war, hatte William gerade erst das Stroh aus Stans Fell entfernt. Kiri lief in die Sattelkammer und polierte die zwei besten Zaumzeuge, bis das Leder glänzte und die Messingschnallen funkelten.

»Da kommen sie.« William deutete auf einen Van, der gerade auf den Parkplatz fuhr. Kiri hielt die Pferde, während er mit den Journalisten sprach.

»Kannst du die Pferde auf die Wiese vor dem Haus führen?«, bat der Fotograf, der sich als Jack Dixon vorstellte.

»So ein schönes Pferd«, meinte er noch, als er Sunnys schwarz-weißes Fell betrachtete. »Gut. Stell dich nah an seinen Kopf.« Er schoss ein paar Bilder, und Kiri vergaß vollkommen, unsicher zu sein.

Da eilte schon William herbei und übernahm die Zügel der beiden Pferde. »Los«, meinte er zum Fotografen, als er sich zwischen Sunny und Stan gestellt hatte. Er setzte sein schiefes Lächeln auf, das er immer benutzte, um Fremde für sich zu gewinnen. Jacks Blick verriet Kiri, dass er nicht gern herumkommandiert wurde, aber er sagte nichts. Er schoss nur drei, vier Bilder und packte seine Ausrüstung wieder ein.

»Reiten Sie beide Pferde bei der Meisterschaft?«, fragte der Journalist.

»Das erlaubt das Regelwerk nicht«, antwortete William schnell. »Deswegen reitet mein Stallmädchen eins.« Ohne Kiris Namen zu nennen oder sie gar vorzustellen, begleitete er die Journalisten zu ihrem Van.

Jack lächelte Kiri an. »Er wird wohl nicht zulassen, dass wir ein Bild von dir in der Zeitung drucken. Wenn du mir deinen Namen und deine Adresse gibst, kann ich dir einen Abzug schicken. Es wird dir gefallen, versprochen.«

Am letzten Tag trainierten sie an Geländehindernissen, und Kiri wollte sich endlich beweisen. Als sie zu den Wassergräben kamen, erlaubte Mrs Jackson Kiri, William und Sam, ihre Route selbst zu wählen.

Kiri traute sich und Sunny zu, auch diese schwierigen Hindernisse zu springen. Außerdem wollte sie unbedingt zeigen, dass sie im Geländeritt ihre Fehler der letzten Tage ausbügeln konnte.

»Ich reite als Erste«, bot Kiri an und lenkte Sunny, der die Ohren spitzte, in Richtung des ersten Wassergrabens.

»Nein«, mischte William sich ein. »Du gehst mit meinem Pferd auf dieser schweren Route kein Risiko ein. So, wie du die letzten Tage geritten bist, solltest du überhaupt nicht springen.«

»William!« Mrs Jacksons Stimme knallte wie eine Peitsche, aber mit Kiris Beherrschung war es vorbei.

»Du Schwein!«, schrie sie William an. »Die ganze Zeit schon versuchst du, mich bloßzustellen. Und jetzt, wo ich das machen kann, worin ich gut bin, willst du mich davon abhalten.«

»Du kannst doch gar nichts«, gab er zurück.

»Genug!«, schritt Mrs Jackson ein. »Ihr beide geht jetzt direkt zurück zu den Ställen, das Geländereiten ist für euch vorbei. Und wenn ich zurück bin, will ich euch in meinem Büro sehen.«

Als Kiri Sunny zurück zum Stall brachte, hielt sie so viel Abstand zu William wie nur möglich. Tränen der Wut liefen ihr über die Wangen. Sie dachte gar nicht daran, sich bei William zu entschuldigen, aber genau das würde Mrs Jackson von ihr verlangen. Und noch dazu hatte sie die Wassergräben nicht springen dürfen. Darauf hatte sie sich schon den ganzen Tag gefreut.

Sobald sie Sunny abgezäumt und ihre Tränen getrocknet hatte, ging sie ins Büro, wo William schon wartete. In eisigem Schweigen harrten sie aus.

»Euer beider Benehmen war beschämend, und ihr schuldet euch und mir eine Entschuldigung. An eurem heutigen Verhalten gemessen, seid ihr schädlich für jedes Team.« Mrs Jackson setzte sich an ihren Tisch und blickte sie böse an.

»Tut mir leid, William.« Die Worte wären Kiri beinahe im Hals stecken geblieben. Sie wandte sich Mrs Jackson zu und sagte: »Entschuldigen Sie. Ich habe die Beherrschung verloren. Wird nicht wieder vorkommen.« Das fiel Kiri sichtlich leichter.

William schwieg eisern, bis die Stille unerträglich wurde. Endlich bellte er ein »Entschuldigung, dass ich Sie verärgert habe, Marianne«, und stand auf, um zu gehen.

»Für dich immer noch Mrs Jackson, und Kiri musst du noch um Verzeihung bitten.«

»Entschuldigung.« Er spuckte das Wort regelrecht aus, als er die Tür hinter sich zuwarf.

»Warte«, bat Mrs Jackson, als Kiri wackelig auf die Beine kam, um ihm zu folgen. »Falls es dir ein Trost ist: Du bist heute sehr gut geritten und wurdest dann provoziert. Aber du musst lernen, unter keinen Umständen die Beherrschung zu verlieren.«

»Ich hätte nichts sagen sollen«, meinte Kiri traurig. »Aber ich wollte so gern springen.«

»Und du hättest es auch problemlos geschafft. Aber das Pferd von jemand anderem zu reiten, ist schwierig. Der Besitzer hat immer das letzte Wort. Jetzt lass den Kopf nicht hängen und geh zum Team. Sicher wollen dir die anderen zu deiner heutigen Leistung gratulieren.«

Viv umarmte Kiri gleich, als sie sich zu ihnen gesellte.

»So ein unverschämter Typ!«, schimpfte sie. »Ich hätte ihn in einen Misthaufen geschubst.«

»Er ist mit Sarah auf Nimmerwiedersehen verschwunden«, meinte Sam. »Wenn du jemals Hilfe wegen eines Kerls wie William brauchst: Ein Anruf bei mir genügt. Ich zeige ihm, wo der Hammer hängt.«

»Oh, jetzt kommt der Schlägertyp zum Vorschein.« Viv verdrehte amüsiert die Augen.

Kiri lachte auch, aber es fühlte sich gut an, dass jemand auf ihrer Seite stand.

Für eine letzte Tasse Tee und ein letztes Stück Kuchen setzten sie sich zusammen in die Kantine, dann luden sie ihre Pferde ein und fuhren nach Hause.

»Wie ist es gelaufen?«, fragte Jen, die Kiri, Sunny und Stan abholte.

»Mrs Jackson meinte, mein Geländeritt wäre gut gewesen«, erzählte Kiri, »aber manches lief auch schief.«

»Das ist beim Vielseitigkeitsreiten normal. Aber bestimmt hast du auch neue Freunde gefunden.«

»Habe ich.« Kiri lächelte, als sie an die lustige Viv und an Sams Hilfsangebot dachte. »Richtig gute.«

Als der Rye Observer eine Woche später erschien, war Roxana empört. Sie lief aus Aggies Bungalow und wedelte mit der Zeitung.

»Da ist nur ein tolles Foto von Sunny, aber nichts über dich!«

Kiri betrachtete das Foto vom lächelnden William und den zwei Pferden. Aber Jacks Rache war gelungen: Er hatte es geschafft, William so abzulichten, dass sein charmantes Lächeln eher wie ein anzügliches Grinsen wirkte.

Die Abzüge hatte Kiri schon zugeschickt bekommen, und Jack hatte recht behalten: Sie waren wundervoll. Das schönste Foto hatte Kiri an ihre Frisierkommode geheftet, und jedes Mal, wenn sie es ansah, wurde ihr ganz warm ums Herz.

»Er nennt dich sein Stallmädchen«, entrüstete sich Roxana, die den Artikel über Kiris Schulter hinweg las.

»Na ja, das bin ich ja auch«, meinte Kiri traurig. »Ich wünschte, Sunny würde mir gehören, aber so ist es nicht.«

Aber das Schlimmste kam erst am Ende des Artikels. William hatte dem Journalisten erzählt, das Sunny 12 000 Pfund wert wäre, wenn er bei der Meisterschaft gut abschnitt. Für Kiri war das wie ein Schlag in die Magengrube.

»So viel?« Roxana war fassungslos. »Für das Geld bekommt man ein neues Auto. Sogar zwei Autos.«

»Ich weiß. Deswegen kann ich ihn nie kaufen.«

Roxana fuhr mit Aggie nach Rye, um ihr bei Einkäufen zur Hand zu gehen, und Jen hatte sich zwei Tage freigenommen, um ihre Schwester zu besuchen. Also war

Kiri allein in Torebridge. Sunny durfte sich einen Tag lang ausruhen und genoss das Gras auf der Koppel am anderen Ende der Farm.

Kiri hatte angeboten, ein wenig mit Storm zu trainieren. Als sie ihn durch das Tor führte, kam ihr ein Mann Mitte zwanzig entgegen. Er hatte braunes Haar, grüne Augen und ein freundliches Lächeln.

»Kann ich Ihnen helfen?«, fragte Kiri. Hier kam selten jemand vorbei, der nicht zum Stall wollte.

»Ich suche meinen Hund – einen schwarzen Labrador. Er ist einem Hasen hinterhergelaufen und nicht zurückgekommen.«

Irgendetwas in seiner Stimme kam Kiri bekannt vor, aber sie konnte nicht sagen, was.

»Immer diese Hunde! Hoffentlich finden Sie ihn bald.« Kiri wusste genau, wie sich das anfühlte. Immer hatte sie Angst, dass Ben davonlief. »Ich reite durchs Moor und kann nach ihm Ausschau halten.«

An diesem Tag strahlte die Sonne, und ihr Licht ließ jedes Detail der Landschaft klar hervortreten. Kiri konnte meilenweit über das flache Grasland blicken, aber kein jagender Hund störte die friedlich grasenden Schafe. Und auch kein Bellen war zu hören, nur das Summen der Insekten und das Klackern von Storms Hufen auf dem Pfad.

Der Geruch war falsch. Sunny schnaubte, als ein Mann mit einer Karotte in der ausgestreckten Hand auf ihn zukam. Die Karotte roch gut, nach unwiderstehlicher, süßer Stärke, als wäre sie gerade erst aus der Erde gezogen worden. Aber der saure Duft nach Angst überlagerte alles. Sunny spannte sich an, bereit für einen Kampf. Er spitzte die Ohren, um herauszufinden, was dem Menschen Furcht einflößte. Da war nichts. Nichts außer dem Geräusch von kauenden Pferden und Schweifen, die Fliegen verscheuchten. Sunny beobachtete jede Bewegung des Mannes. Seine Bewegungen waren weich und zielgerichtet. Nichts, wovor man sich fürchten musste. Der Geruch der Karotte wurde stärker, bis Sunny sie schon fast auf der Zunge schmeckte. Vorsichtig streckte er seinen mächtigen Hals danach aus, doch bevor er den Leckerbissen erreichte, schloss sich ein dünnes Seil um seine Nase und zog sich zu, bis Schmerzen ihn durchbohrten. Immer weiter drehte der Mann mit einem Stock die Schlinge zu, bis die Qualen kaum noch auszuhalten waren.

Kapitel 24

Storm genoss den Ausritt so sehr, dass sich Kiri fast verleiten ließ, bis zum Strand zu reiten. Im Sommer waren am Strand von Camber Pferde tagsüber verboten, aber auch wenn sie nicht durch die Wellen planschen konnte, wollte sie wenigstens die salzige Luft riechen und die Kitesurfer im Wasser beobachten.

Vielleicht besser doch nicht, dachte sie. In Torebridge wartete noch einiges an Arbeit auf sie.

Also bog sie von der Straße nach Camber auf einen wenig benutzten Reitweg ab, der sie zurück nach Torebridge bringen würde. Auf halbem Weg begann Storm laut zu wiehern, und als sie um eine Kurve bogen, fing der Albtraum an. Wie in Zeitlupe sah Kiri einen vertrauten schwarz-weißen Kopf auf sich zukommen. Es war Sunny, der ohne Sattel von einem Mann in einer Kapuzenjacke und mit einem Schal über dem Gesicht geritten wurde.

»Sunny!«, schrie sie, als sie endlich glauben konnte, was sie da sah. Aber der Dieb reagierte schneller. Er riss Sunny nach links, trieb ihn einen Abhang zu einem Kartoffelacker hinunter und galoppierte los.

Kiris Angst schärfte ihre Sinne, und sie setzte ihm nach. Am Ende des Ackers schloss Storm langsam auf, aber was sollte sie als Nächstes tun? Doch dann sah sie vor sich eine Reihe hoher Schilfpflanzen. Das war die Antwort auf ihre Gebete – wenn sie den Mumm hatte, es durchzuziehen.

Sie trieb Storm an, bis er direkt hinter Sunny war. Der

Dieb blickte über seine Schulter, und Kiri erkannte die grünen Augen. Es war der Mann, der seinen Hund gesucht hatte. Die Entfernung abschätzend, überholte sie Sunny und lenkte Storm auf das Schilf zu. »Jetzt!« Sie drückte Storm die Fersen in die Flanken und spürte, wie er abhob. Dann sah sie den breiten Wassergraben hinter dem Schilf. Die Sekunden dehnten sich ins Unermessliche, bis Storms Hufe am anderen Ufer sicher aufsetzten. Noch ein Aufprall von Hufen, und Sunny raste an ihr vorbei – ohne Reiter.

Sie hatte es geschafft! Sie hatte Storm ermutigt, den Graben zu überspringen, und Sunny war ihm gefolgt. Tatsächlich hatte sich ihre Hoffnung erfüllt, und der jähe Sprung hatte den Dieb von Sunnys Rücken geschleudert. Kiri blickte zurück, sah aber keine Spur von dem Mann. Hoffentlich war er im Wasser gelandet.

Erst nach gut eineinhalb Kilometern fiel Sunny in einen Trab, und Kiri schaffte es, seine Zügel zu greifen. Ihr Herz pochte wie verrückt. Sie wollte nichts lieber, als mit ihrem Handy Hilfe holen, aber sie brauchte beide Hände, um die Pferde zu halten.

Sie brachte die beiden in den Schritt und steuerte auf einen Weg zu, der sie zurück zum Stall bringen würde, ohne an dem Wassergraben vorbeizuführen. Immer noch zitternd kam Kiri in Torebridge an, doch die Pferde trotteten in den Hof, als läge nichts weiter als ein Geländeritt hinter ihnen. Was irgendwie ja auch stimmte.

Kiri wusch die Pferde ab, und erst als sie mit dem Schwamm über Sunnys Gesicht strich, entdeckte sie das grausame Mal an seiner Nase. »Er hat eine Nasenbremse benutzt«, flüsterte Kiri wütend. Eine Nasenbremse war ein Stock mit einer dünnen Seilschlaufe daran, die dem Pferd um die empfindlichen Nüstern gezurrt wurde. Früher nutzten die Tierärzte sie, um Pferde ruhigzustellen.

Heute gab es dafür moderne Beruhigungsmittel. Kiri untersuchte Sunny Zentimeter für Zentimeter, konnte aber keine weiteren Verletzungen feststellen. Dann vergrub sie ihr Gesicht in seiner Mähne und weinte vor Erleichterung. Fast hätte sie ihn verloren.

Als sie endlich wieder normal atmen konnte, zog sie ihr Handy aus der Tasche. Sie wusste, sie sollte die Polizei rufen, aber etwas hielt sie zurück. Ein paar Mal wählte sie Jens Nummer, aber niemand hob ab. Roxana und Aggie kamen vom Einkaufen zurück, aber wenn sie Aggie erzählte, was passiert war, würde sie sofort die Polizei rufen. Kiri jedoch zögerte. Sie stupste Roxana an.

»Etwas Schreckliches ist passiert. Wir müssen reden.«

Sie liefen zu Jens Transporter, wo Kiri mit zitternden Händen heiße Schokolade machte.

»Kiri, was ist los?«

»Ein Mann hat versucht, Sunny zu stehlen. Ich habe ihn aufgehalten, aber ich fürchte, er könnte es wieder versuchen.« Sie erzählte von der Verfolgungsjagd. »Ich habe mich nicht getraut, zurückzureiten und nach ihm zu sehen. Also weiß ich nicht, ob er weggelaufen ist oder noch irgendwo bewusstlos liegt.«

»Warum hast du nicht die Polizei gerufen?«

Die Mädchen blickten sich an, und keine wollte aussprechen, was beide dachten. Am Ende war es Kiri, die den Mut aufbrachte.

»Er sah nicht rumänisch aus, aber da war etwas in seiner Stimme … Ich hatte Angst, das du Probleme bekommen könntest.« Sie beschrieb seine grünen Augen und sein Haar.

Roxana wurde trotz ihrer Bräune ganz blass. Sie holte ihr Handy heraus und durchsuchte ihre Fotos. »Schau.«

Kiri starrte das Bild an. Darauf war Roxana auf einer Party mit ihren Cousins Anton und Danut zu sehen.

Hinter ihnen, den Arm lässig um Roxanas Schulter gelegt, stand der Mann, der versucht hatte, Sunny zu stehlen. Entsetzt sah Kiri ihre Freundin an. Stand sie nun vor der Wahl, Sunny oder Roxanas Familie zu schützen?

»Das ist er«, flüsterte sie. »Aber wer ist das?«

»Er heißt Marcu und behauptet, ein entfernter Verwandter von uns zu sein. Er hat versucht, sich in unsere Familie einzuschleichen, aber Mum meint, er wäre gefährlich. Als sie das Foto gesehen hat, sagte sie, ich sollte mich von ihm fernhalten.«

»Wenn dich das in Gefahr bringt, gehe ich nicht zur Polizei.«

Roxana weinte. »Wenn Marcu erfährt, dass ich ihn erkannt habe, könnte er Rache an meiner Familie und mir nehmen. Du weißt nicht, was das für Leute sind.«

»Du aber schon, und du hast Angst, also lasse ich das mit der Polizei. Ich werde schon selbst damit fertig.«

Kapitel 25

Es gab eine Sache, die Kiri sofort erledigen musste. Sie wollte zurück zum Wassergraben und herausfinden, ob Marcu dort lag, verletzt oder gar tot.

»Nur wir zwei, das können wir nicht machen.« Roxanas Schluchzen wurde lauter.

»Nicht nur wir beide. Ich habe Verstärkung gerufen«, meinte Kiri grinsend. »Und du kannst aufhören zu weinen. Nichts davon ist deine Schuld.«

Zunächst hatte Kiri überlegt, Jen einzuweihen, aber sie ging ja nicht ans Telefon. Außerdem würde sie womöglich darauf bestehen, die Polizei zu informieren. Dann kam ihr eine Idee. Sam Paxman. Er hatte gesagt, sie könne auf ihn zählen, wenn sie Hilfe bräuchte. Wahrscheinlich hatte er dabei nicht an die Verfolgung eines gefährlichen Kriminellen gedacht, aber sie glaubte, ihn für die Sache gewinnen zu können. Und dem war auch so. Nach einer überraschten Pause und einigen direkten Fragen versprach er, so schnell zu kommen, wie er konnte.

»Das ist mein Bruder Rob«, meinte Sam, als er eine Stunde später aus einem schäbigen Landrover stieg. »Er ist Bauarbeiter.« Rob sah aus wie Sam, nur zwei Nummern größer – so einen Kerl auf einer Mission wie ihrer dabeizuhaben, war sehr beruhigend. Als Kiri erklärte, dass sie zuerst dem Wassergraben einen Besuch abstatten müssten, holte Sam einen Erste-Hilfe-Kasten aus dem Auto, während Rob ein Brecheisen zur Hand nahm. Erst wollte Kiri nicht, dass Roxana mitkam, aber als ihre Freundin darauf bestand, gab sie nach.

Beim Wassergraben angekommen, fanden sie keine Spur von Marcu. Vorsichtig näherten sie sich dem Ufer und spähten ins Wasser. Dort war nichts zu erkennen, auch keine Anzeichen dafür, dass sich jemand aus dem Wasser an Land geschleppt hatte. Er musste unversehrt davongekommen sein.

»Warum hat sich der Dieb Sunny ausgesucht?«, fragte Sam.

»Ich schätze, weil ein Artikel über ihn in der Lokalzeitung erschienen ist«, antwortete Kiri. »Darin hieß es, er wäre mehrere tausend Pfund wert.«

»Er muss ja auch einen Plan gehabt haben, wie er Sunny fortschafft«, überlegte Sam. »Irgendwo in der Nähe muss er einen Pferdeanhänger oder einen Transporter abgestellt haben.«

»Natürlich!« Plötzlich erinnerte sich Kiri an einen grauen Pferdeanhänger, der an der Straße bei dem Reitweg geparkt gewesen war. Sie wünschte sich, sie hätte auf das Nummernschild geachtet. Aber sie hatten noch andere Möglichkeiten, den Dieb aufzuspüren. Sie entschuldigte sich kurz, um mit Roxana allein zu sprechen.

»Du musst Anton anrufen und herausfinden, wo Marcu wohnt. Erfinde irgendeine Ausrede, warum du es wissen musst.«

Roxana überlegte kurz und wählte dann die Nummer. Ein paar Minuten lang sprach sie auf Rumänisch ins Telefon, dann lächelte sie triumphierend. »Ich habe Anton erzählt, ich würde für eine Spendenaktion in Lydd von Tür zu Tür gehen und wollte dabei Marcus Haus *meiden*. Die genaue Adresse kennt er auch nicht, aber er denkt, es liegt in der Dengemarsh Road zwischen der Kaserne und dem Meer.«

Kiri erklärte Sam und Rob, dass sie einen Hinweis auf

die Identität des Diebes hätten. Zwar könnten sie ihre Quelle nicht preisgeben, aber sie wollten zum Haus des Mannes gehen und sehen, ob dort ein Pferd versteckt werden konnte.

»Warum geht ihr nicht zur Polizei?«, wollte Rob wissen.

Kiri sah ihm direkt in die Augen. »Ich will die Polizei nicht anrufen, bis ich mir sicher bin. Wenn ich falschliege, könnte eine Freundin von mir Schwierigkeiten bekommen.«

»Na gut«, meinte Rob. »Lasst uns mal einen Blick riskieren.«

Nun bestand Kiri darauf, dass Roxana bei Aggie blieb.

Widerstrebend stimmte Roxana zu, aber Kiri musste ihr versprechen, Ben als weiteren Beschützer mitzunehmen.

Schweigend fuhren sie nach Lydd, nur Ben winselte etwas, weil er die Nervosität im Auto spürte. Aus dem Stadtzentrum fuhren sie an der Kaserne vorbei auf die Dengemarsh Road, die durch ein heruntergekommenes Industriegebiet führte. Es gab ein paar heruntergewirtschaftete Reparaturwerkstätten, Schrottplätze und einen Baumarkt.

»Halt kurz an«, bat Rob seinen Bruder. Er ging in den Baumarkt und kam ein paar Minuten später zufrieden grinsend wieder heraus. »Ich hab ihnen gesagt, dass ich hoffe, hier in der Gegend einen großen Bauauftrag zu bekommen. Dann habe ich gefragt, ob sie ein Auto mit Pferdeanhänger hier rumfahren sehen haben. Haben sie. Sie glauben, dass es aus Richtung des Atomkraftwerks bei Dungeness kam.«

Sam fuhr weiter, bis die Straße nur noch ein Kiesweg zwischen dem Militärgelände und den Dünen eines Naturschutzgebietes war.

»Schaut!«, rief Kiri, der eiskalt wurde. »Ein Pferdeanhänger, und er ist grau.«

»Nicht anhalten«, sagte Rob eindringlich. »Das wäre verdächtig.«

»Ich kenne die Straße«, meinte Kiri. »Es ist eine Sackgasse, aber vorn am Meer gibt es einen Parkplatz.«

Sie hielten an der Küste unter einem Wachturm der Armee, aber gerade hielt kein Soldat Ausschau, und auch kein anderes Auto war hier abgestellt. Ein einsamer Ort. Maschendrahtzäune verwehrten den Eintritt zum Kraftwerk und zum Schießplatz des Militärs. Der Kiesstrand, der sich von Dungeness bis nach Camber erstreckte, wurde hier vom Schießplatz unterbrochen. Kiri beobachtete, wie die Wellen den Kies umspülten, den die Abendsonne rot färbte. Sie war einmal mit ihrer Mutter hier gewesen, aber das schien eine Million Jahre her zu sein.

»Nimm das«, unterbrach Sam ihre Gedanken und drückte ihr ein Zaumzeug in die Hand. »Wenn wir gleich ein Rennpferd retten, könnte das hilfreich sein.« Rob schnappte sich seine Brechstange und ein Seil, während Sam ein eisernes Hufeisen in die Jackentasche steckte – ob als Waffe oder Glücksbringer, konnte Kiri nicht sagen. Ben trottete neben ihr her, als sie den Weg zurückgingen, den sie gekommen waren. Bedrohliche Warnschilder am Zaun zum Militärgelände säumten die Straße. »Gefahr – Das Verteidigungsministerium« stand darauf. Und eine leise Drohung lag auch in dem Summen der Hochspannungsleitungen des Kraftwerks.

»Die Teile mag ich nicht«, meinte Sam. »Jemand wollte mich mal bei einer Mutprobe dazu bringen, auf so einen Hochspannungsmast zu klettern, aber das würde ich nie tun. Ich will ja nicht gebraten werden.« Kiri schauderte, und Sam nahm sie an der Hand. »Keine Sorge, niemandem passiert was.«

Als sie das Bauernhaus, vor dem der Pferdeanhänger geparkt war, erreichten, bemerkten sie kein Lebenszeichen. Sie versteckten sich hinter einem alten Schuppen auf der anderen Straßenseite und warteten. Kiri hörte, wie sich in Bens Kehle ein Knurren anbahnte, und schnell legte sie ihm die Hand an den Hals, um ihn zu beruhigen. Nach einer Dreiviertelstunde öffnete sich die Tür des Bauernhauses, und ein blonder Mann trat ins Freie. Er war kleiner als Marcu, und Kiri fragte sich, ob sie komplett falschgelegen hatte. Er verschwand in einem Nebengebäude und kam mit einem Eimer und einem Heunetz zurück.

»Hier muss ein Pferd sein«, flüsterte Kiri.

»Warte noch«, raunte Sam. »Wir müssen mehr sehen.«

Der Blondschopf ging zurück zum Haus und pochte an die Tür. »Allein geh ich nicht in den Schuppen«, rief er.

Ein anderer Mann öffnete. Zunächst sah man bloß die Silhouette, aber als er in den Lichtkegel einer Lampe trat, erkannte sie ihn.

»Das ist Marcu.« Kiri musste sich an Sam festhalten.

Das freundliche Lächeln, das Marcu auf dem Pfad vor Torebridge zur Schau gestellt hatte, war nun einem finsteren Blick gewichen.

»Wenn du so ein Feigling bist, dann gib den Eimer her.« Er sprach Englisch, aber mit einem schwachen Akzent, den Kiri nun als Rumänisch erkannte. Er öffnete ein Schloss an einem großen Schuppen mit Metallwänden und trug Futter und Heu hinein.

»Er frisst. Jetzt wird er dir keine Probleme machen, wenn du ihm Wasser bringst und den Saustall ausmistest.« Als Marcu zurück ins Haus ging, schüttelte er verächtlich den Kopf.

»Das ist unsere Chance«, sagte Kiri. »Da drinnen ist Foxfire.«

»Rob und ich kümmern uns um den Kerl«, meinte Sam. »Du bringst derweil das Pferd nach draußen.«

»Vielleicht ist Marcu nicht allein in dem Haus«, gab Rob zu bedenken. »Wenn er uns hört und mit anderen Leuten rauskommt, locken Sam und ich sie auf die Straße Richtung Lydd. Und du haust ab, so schnell du kannst.«

Kapitel 26

Mit zitternden Knien überquerte Kiri zusammen mit den Jungs und Ben den Hof, darauf bedacht, im Schatten zu bleiben, bis sie die Tür zu dem Schuppen erreicht hatten. Kiri ließ Ben Platz machen und zischte: »Bleib!«, während Sam langsam die Tür öffnete.

Der Blondschopf schaufelte Mist in eine Schubkarre. Er stand mit dem Rücken zur Tür, und seine ganze Aufmerksamkeit galt dem großen Pferd mit den angelegten Ohren, das sein Hinterteil in seine Richtung schwang. Kiris Herz raste, als sie das rote Fell und die zwei weißen Fesseln erkannte – Foxfire!

Mit katzenhafter Leichtfüßigkeit schlich sich Sam an den Mann heran, packte ihn und hielt ihm den Mund zu, während Rob ihm rasch die Hände auf den Rücken fesselte und ihn mit einem Lappen knebelte.

Vorsichtig bewegte sich Kiri auf das Pferd zu und tätschelte es, ohne seine rollenden Augen zu beachten. »Bei uns bist du sicher«, flüsterte sie und streichelte seinen Hals, bis die Spannung langsam aus seinen Muskeln wich. Sie durfte jetzt nichts übereilen, auch wenn jede Faser ihres Körpers »Lauf!« schrie. Sie rieb dem Pferd die Nase, und zu ihrer Erleichterung senkte es den Kopf so tief, dass sie ihm das Gebiss ins Maul schieben und das Zaumzeug über die Ohren streifen konnte.

Mit erhobenem Daumen signalisierte sie den Jungs, dass sie so weit war, und führte das Pferd zur Tür. Jetzt kam der schwierige Teil. Sie musste Foxfire über den Hof auf die Straße führen, ohne dass Marcu etwas bemerkte.

Einen Moment lang stand das Pferd still, nur seine Nüstern bebten, als es die neuen Gerüche aufnahm. Bestimmt war es monatelang in dem Schuppen eingesperrt gewesen. Wieder tätschelte Kiri seinen Hals und drängte es weiterzugehen. Das Klappern seiner Hufe auf dem harten Untergrund hätte Tote aufwecken können, fand Kiri. Aber aus dem Bauernhaus drangen jetzt laute Stimmen, und sie hoffte inständig, dass ein Streit die Leute dort drinnen ablenken würde. Eine Minute später waren sie auf der Straße, und Foxfire ging neben Kiri her, während Bens weiße Schwanzspitze vor ihnen in der hereinbrechenden Dunkelheit leuchtete.

Der wilde Aufschrei, auf den sie ängstlich gewartet hatte, kam, als sie schon hundert Meter weiter war. Ohne nachzudenken, sprang sie auf Foxfires Rücken und wäre beinahe wieder heruntergefallen, als er überrascht zur Seite sprang. Mit aller Kraft klammerte Kiri sich auf dem Pferd fest. Da hörte sie Marcus Anweisungen.

»Ihr verfolgt die Jungs in meinem Van. Ich kümmere mich um das Pferd und bringe das Mädchen zum Schweigen.« Kiri erstarrte vor Angst. Der Kerl aus dem Schuppen musste sie beschrieben haben, und nun hatte Marcu erraten, wer sie war. Jetzt konnte er nur noch die Beweise und die Zeugin beseitigen. Er würde Foxfire und sie töten!

Ihre Hände zitterten so stark, dass sie die Zügel kaum halten konnte, aber sie musste versuchen, sich in Sicherheit zu bringen. Voller Furcht lauschte sie auf Geräusche ihres Verfolgers, als sie Foxfire in den Trab trieb. Sie betete, dass das Pferd in der Dunkelheit nicht auf der steinigen Straße stolperte. Glücklicherweise war es nicht ganz stockfinster. Die Lichter von dem Kraftwerk warfen einen gespenstischen Schimmer auf den Weg, und Kiri spähte in die Düsternis, um einen Pfad ins

Naturschutzgebiet zu finden. Doch der Maschendrahtzaun erstreckte sich schier endlos entlang der Straße.

In der Erwartung, gleich ein Auto hinter sich zu hören, suchte sie verzweifelt nach einem Versteck. Als sie den Wachturm beim Meer erreichte, ging es nicht mehr weiter. Sie nahm Foxfires Zügel auf, damit er anhielt, und lauschte. Nichts als das Platschen der Wellen gegen die Steine. Hatte Marcu aufgegeben? Ben würde bellen, wenn er sich zu Fuß näherte. Aber sie würde hier nicht wie ein in die Enge getriebenes Tier warten, bis er auftauchte.

Zwar umgab ein massiver Sicherheitszaun das Kraftwerk, aber der Zaun des Schießplatzes reichte nicht ganz bis ans Meer. Nur ein weiteres Schild mit der Aufschrift »Gefahr – Das Verteidigungsministerium« warnte davor, weiterzugehen. Konnte sie am Schießplatz entlang nach Camber reiten? Theoretisch wäre es zwar möglich gewesen, aber ihre innere Stimme schrie »Nein«. Die Denge Academy lag in einem Vorort von Lydd, nicht weit vom Militärgelände. Deswegen mussten sich die Schüler endlose Vorträge darüber anhören, wie gefährlich der Schießplatz war. Er war an fast allen Tagen im Jahr in Benutzung. Selbst wenn gerade nicht geschossen wurde, bestand die Gefahr, von einer nicht explodierten Granate unter dem Sand getötet zu werden. Einmal hatte ein Unteroffizier die Schule besucht, dem es scheinbar Spaß machte zu beschreiben, was moderner Sprengstoff einem Menschen antun konnte.

Kiri zögerte immer noch, als ein Schuss die Stille zerriss. Foxfire scheute, und Ben stellte die Nackenhaare auf. War das das Militär? Noch ein Schuss fiel, und Kiri hörte, wie ein Querschläger den Wachturm traf. Kiri wurde eiskalt. Das war kein Soldat. Das war Marcu, der versuchte, sie zu töten.

Einen Augenblick lang verlor sie die Orientierung und wusste nicht, aus welcher Richtung die Schüsse kamen. Aber dann blitzte es hoch über ihr auf, und sie ahnte es. Marcu war auf einen Hochspannungsmast geklettert, sodass er sie problemlos ins Visier nehmen konnte. Ein panisches Schluchzen entwich ihr, sie fühlte sich wie ein Tier in der Falle. Nun trieb sie Foxfire den Kiesstrand hinunter ans Meer und schmiegte sich fest an seinen Hals. Es war hoffnungslos, aber sie musste versuchen davonzukommen. Ein weiterer Schuss krachte, und sie hörte das Zischen der Kugel im Kies. Es gab keinen Ausweg. Sie würde sterben.

Ein Knall. Ein gezackter Blitz fuhr über den Nachthimmel, es brannte lang, hell und tödlich. Dem Blitz folgte der Geruch von verbranntem Fleisch im Wind. Kiri konnte nicht nach oben sehen. Wollte nichts sehen. Sie ertrug es nicht einmal, sich die Leiche auf dem Strommast vorzustellen.

Marcu war tot, getötet von hunderttausend Volt, die durch die Leitungen summten. Kiri atmete schwer und wollte umkehren. Aber dem, was dort oben auf dem Mast immer noch brannte, wollte sie auf keinen Fall nahe kommen. Und was, wenn ein Freund Marcus auf sie wartete, um Rache zu nehmen? Sie musste weiter.

Die schrecklichen Ereignisse hatten ihr einen schweren Schock versetzt, dennoch versuchte sie, ruhig zu atmen und ihre Hände still zu halten – für Foxfire. Pferde erfassten die Gefühle ihres Reiters schnell, und das Letzte, was sie jetzt brauchte, war ein durchgehender Vollbluthengst, der sie über einen Schießplatz trug.

Kiri redete Foxfire gut zu und überzeugte ihn schließlich, den langen Weg nach Camber anzutreten. Dass der Kies unter seinen Hufen wegrutschte, machte ihn nervös, also führte sie das Pferd über bewachsenen Boden, der direkt oberhalb des Strandes begann. Ein weiter Weg lag vor ihnen – acht Kilometer. Dass Ben bei ihr war und geduldig hinter Foxfire hertrottete, tröstete Kiri ein wenig. Nach einer Weile ging der Mond auf, er beleuchtete ihren Weg und tauchte den Schießplatz in silbriges Licht. Kiri fühlte sich wie im Traum, als sie einen unter Dünen begrabenen Panzer passierte, einen leeren Wachturm und ein Bahngleis, das ins Nirgendwo führte. Sie brauchte Abstand, um das Grauen, das sie erlebt hatte, hinter sich zu lassen.

Nach einer Ewigkeit erreichte sie den festen Sandstrand von Camber. Sie überlegte, die Polizei zu rufen, konnte sich aber nicht dazu durchringen. Sie brauchte jetzt Sam oder Roxana, aber als sie ihr Handy aus der Tasche zog, war der Akku leer. Jetzt wollte sie nur noch nach Hause. Foxfire würde sie in Sunnys Box stellen, um dann im Schlaf das Grauen zu vergessen.

Aber es kam anders. Als sie am Tor zur Walland Farm ankam, war das Haus hell erleuchtet. Sam half ihr, abzusteigen, und nahm die Zügel.

»Ich war ganz krank vor Sorge!«, sagte er.

»Ich hatte auch Angst um dich und Rob. Aber ich habe gehofft, ihr schafft es.«

»Geh ins Haus. Ich kümmere mich um Foxfire, bis sein Trainer kommt. Er ist schon unterwegs.«

Die tränenüberströmte Roxana und die besorgte Marina führten sie ins Haus.

»Ich habe deinen Vater angerufen, morgen früh ist er da«, sagte Marina. »Aber jetzt ab ins Bett, und keiner – nicht einmal die Polizei – darf dich stören.

Als Kiri erwachte, saß ihr Vater an der Bettkante. Blass und von der langen Fahrt durch die Nacht gezeichnet, hielt er ihre Hand. Mit einer Stimme, der man die Anspannung anhörte, sagte er: »Versprich mir, dass du mir nie wieder solche Angst einjagst.«

»Es tut mir –«

»Es braucht dir nicht leidzutun. Du warst unglaublich mutig, aber ich will nie wieder so eine Nacht durchleben und denken …« Er konnte den Satz nicht beenden.

Immer wieder musste sie die Geschichte erzählen. Erst ihrem Vater, dann Roxana und zuletzt in allen Einzelheiten der Polizei.

»Warum hast du uns nach dem versuchten Diebstahl des Pferdes nicht sofort verständigt?«, fragte die Polizistin.

»Ich dachte, Sie würden mir nicht glauben.« Kiri war entschlossen, die Verbindung zwischen Marcu und Roxana geheim zu halten.

»Wie sind die Paxman-Brüder und du auf die Dengemarsh Road gekommen?«

»Ich gehe in der Nähe von Lydd auf die Schule und habe mich irgendwie erinnert, dass ein Auto mit grauem Pferdeanhänger in die Richtung gefahren ist. Genauso einer wie der, der dort geparkt war.« Kiri sah die Polizistin mit großen Augen an. Das war ihre erste große Lüge, aber sie war sicher, dass Sam und Rob sie decken würden, wenn es sein musste. Die Befragung ging weiter, bis ihr Vater, der als Elternteil anwesend sein musste, eingriff.

»Genug. Meine Tochter hat die letzten vierundzwanzig Stunden so viel durchgemacht – vor allem, weil sie Ihren Job übernehmen musste. Sie hat eine Bande von Pferdedieben aufgespürt und ein wertvolles Rennpferd gerettet. Es wurde auf sie geschossen, und sie hat einen grausamen Tod miterleben müssen. Sie braucht jetzt Zeit, das zu verarbeiten.«

Die folgenden Tage verliefen ruhig. Die Nachricht von Foxfires Rettung wurde an die Presse weitergegeben, aber die Details blieben unter Verschluss. Die Polizei bat die McFarlanes, über Kiris Rolle in der Sache zu schweigen, während sie Marcus Komplizen befragten. Kiri und ihr Vater kamen der Bitte nur zu gern nach. Das Letzte, was sie jetzt brauchten, war, von der Presse verfolgt zu werden. Roxana hatte Aggie und Jen erzählt, was passiert war, ohne Marcu zu erwähnen. Sie waren zur Geheimhaltung verpflichtet.

Enttäuscht stellte Kiri fest, dass Foxfire bereits von seinem Trainer abgeholt worden war, als sie noch schlief. Sie hätte sich gewünscht, ihn noch einmal bei Tageslicht zu sehen und ihm mit Karotten dafür zu danken, dass er sie aus der Gefahrenzone getragen hatte. Am Telefon erzählte Sam ihr, wie er und sein Bruder Marcus Gang entkommen waren. Der Blondschopf hatte der Polizei die Namen der Bandenmitglieder genannt, die daraufhin verhaftet wurden.

»Dein Leben scheint ganz schön aufregend zu sein«, meinte Sam, als Kiri ihm dankte. »Du kannst mich jederzeit wieder anrufen.«

Sunny schnupperte am Hals des Mädchens. Er spürte, wie aufgewühlt sie war. Auch wenn er nicht verstand, wieso, wollte er sie trösten. So wie sie es immer tat, wenn er unglücklich war. Sanft blies er ihr warme Luft auf die Haut, und tief in seiner Kehle formte sich ein beruhigendes Wiehern. Die Hände, die sich an seiner Mähne festklammerten, entspannten sich.

Kapitel 27

Nachts war es am schlimmsten. Tagsüber konnte Kiri sich von den schrecklichen Erinnerungen an Foxfires Rettung ablenken. Aber Nacht um Nacht wachte sie schweißgebadet auf, während die grausamen Geräusche und Bilder der Flucht in ihrem Kopf abliefen. Doch in nur zehn Tagen würde der größte Wettkampf ihres Lebens stattfinden, also hatte sie keine Wahl: Sie musste die Erinnerungen verdrängen und sich auf das Reiten konzentrieren.

Die Freude, bei Sunny zu sein, half ihr am meisten. Jedes Mal, wenn sie in den Stall kam und ihn fröhlich schnauben hörte, wurde ihr ganz warm ums Herz. Auch wenn er nicht ihr gehörte: Das Band zwischen ihnen konnte niemand leugnen.

Mit Jens Hilfe gab sie Sunny den letzten Schliff, und plötzlich waren sie schon unterwegs zur Meisterschaft in Uffington. Kiri schüttelte den Kopf und lachte, als sie die grünen Hänge des Hügellands von Lambourn erreichten.

»Das alles fühlt sich an wie ein Traum. Ich kann gar nicht glauben, dass ich wirklich antrete!«

Jen lächelte. »Das ist ganz sicher kein Traum. Und du hast es dir wirklich verdient.«

Als die Pferde untergestellt waren, rief Mrs Jackson alle zu einer Teambesprechung zusammen.

»Die Reihenfolge, in der ihr bei der Dressur und beim Geländeritt antretet, habe ich nach euren individuellen Stärken gewählt. Sam macht den Anfang. Er ist unser

Pfadfinder, weil Bramble und er im Geländeritt mutig und zuverlässig sind. Kiri und William sind die Letzten. Wenn wir vier gute Ergebnisse für das Team haben, können sie auf Einzelmedaillen reiten. Sarah, Viv und der Rest von euch bilden das Rückgrat des Teams in der Mitte.«

Sarah runzelte die Stirn, wahrscheinlich war sie unzufrieden, weil sie keine Chance auf eine Medaille bekam.

Am nächsten Tag erwachte Kiri mit einem riesigen Schwarm Schmetterlingen im Bauch. Sie versuchte, ihre Nervosität zu überspielen, und scherzte beim Frühstück mit Viv und Sam.

»Für dich gibt's heute wohl keinen Speck mit Eiern, Sam? Ich dachte immer, Pfadfinder wären nicht aufgeregt.«

»Vielleicht will er abnehmen«, alberte Viv und legte den Kopf schief, um seine schlanke Figur und die muskulösen Arme zu begutachten.

Sam grinste sie an. »Mich könnt ihr nicht täuschen. Ich weiß, dass es euch genauso geht. Aber ich habe etwas zu essen für uns.« Er zog eine Tüte mit Croissants heraus – eigentlich liebte Kiri dieses Gebäck, aber heute brachte sie es kaum herunter.

Auch Sunny ließ sich nicht täuschen. Die Nervosität in Kiris Händen feuerte ihn an, und er wieherte laut. Er hob den Kopf und schien noch größer zu werden. Er würde sie alle schlagen.

Zuerst kam die Dressur. Es regnete. Mit durchnässter Jacke und am Sattel klebender Reithose ritt Kiri auf den Platz, aber das spielte keine Rolle. Sunny reagierte sofort auf ihre Hilfen und zeigte seinen kraftvollen Trab. Es fühlte sich an, als würden sie schweben, während sie

Zirkel ritten, die perfekt kreisrund waren. Auch im Kanter brillierte Sunny. Kiri überwältigte ein Hochgefühl, als der Buzzer der Richterin sie auf einmal herausriss. Erschreckt hielt sie Sunny an. Was hatte sie falsch gemacht?

Die Richterin winkte sie zu sich. »Du hast den zweiten Zirkel im Kanter vergessen.« Sie lächelte ermutigend. »Reite zurück und fang damit noch einmal an.«

Kiri errötete, und ihr Kopf war mit einem Mal leer. Wie hatte sie nur so einen dummen Fehler machen können? Sie nahm die Zügel wieder auf und versuchte, noch einmal in die Stimmung vor dem Ausrutscher zu kommen. Aber sie konnte die Abfolge nur noch mechanisch durchexerzieren und beten, dass ihr kein zweiter Fehler unterlief. Als sie vom Platz ritt, warf William ihr einen mitleidigen Blick zu, aber Jen machte ihr Mut: »Für den Fehler verlierst du zwei Punkte, aber der Anfang lief so gut, da wird das Ergebnis nicht schlecht ausfallen.«

Als alle Punkte für die achtzig Dressurreiter vergeben waren, fanden sich Kiri und Viv im oberen Mittelfeld wieder. Sam war weit abgeschlagen, aber William hatte alles aus Stan herausgeholt und wurde Fünfter.

»Gut gemacht«, lobte Mrs Jackson sie alle. »Heute Nacht braucht ihr aber genug Schlaf, um für den Geländeritt morgen fit zu sein.«

Als Kiri am nächsten Tag erwachte, war sie überrascht, dass sie überhaupt hatte schlafen können. Der Geländeritt war ihre Spezialdisziplin, alles hing davon ab.

»Ich werde dich nicht enttäuschen, Sunny, versprochen«, flüsterte sie ihm zu, bevor sie den Stall verließ, um mit Mrs Jackson und dem Team den Parcours ein letztes Mal abzulaufen.

Zwei der Hindernisse kannte sie noch nicht.

Das eine war eine Buschkombination, die aus einer Hecke von einem Meter Höhe bestand, auf der noch ein weiterer Meter aus dünnem Geäst angebracht war. Mrs Jackson riet ihr, kraftvoll darauf zuzureiten und sich auf einen gewaltigen Sprung gefasst zu machen.

Das andere Hindernis war der Sarg.

»Was für ein gruseliger Name«, meinte Viv, als das Team in den sargförmigen Graben blickte. Davor kam ein Hindernis auf einem Damm, zwei Schritte den Abhang hinunter lag dann der Sarg, und zwei weitere Schritte bergauf folgte ein weiteres großes Hindernis.

»So was bin ich schon oft geritten«, kommentierte William mit einem Schulterzucken. »Ist nicht so schlimm, wie es aussieht.«

»Das hier ist das schwierigste Hindernis«, betonte Mrs Jackson und warf William einen strengen Blick zu. Sie riet ihnen, den Sarg langsam anzureiten und dem Pferd Zeit zu geben, damit es sich auf das Problem einstellen konnte.

Und schon ging es los. Kiri wartete mit Sam an der Startbox. Er atmete schwer und biss sich auf die Lippe.

»Ich will euch nicht enttäuschen«, meinte er und hielt die Zügel so kurz, dass Bramble wild den Kopf schüttelte.

»Das wirst du nicht«, ermutigte Kiri ihn. »Du und Bramble, ihr seid die geborenen Pfadfinder.«

Bevor sie noch mehr sagen konnte, winkte ein Richter Sam in die Startbox, und der Countdown begann.

»Sam Paxman, der Erste für das Team aus dem Südosten, meistert die ersten drei Hindernisse ... jetzt kommt er an den Sarg ... und ja! ... er nimmt die direkte Strecke ...«

Kiris Nägel bohrten sich in ihre Handflächen.

»Bramble wird langsamer ... Sam treibt ihn an ... und

sie sind drüber ... ein Tritt ins Wasser beim Graben ... aber sie haben es geschafft.«

Kiri jauchzte begeistert. Als Bramble in Sicht kam, galoppierte er immer noch kraftvoll. Sie beobachtete, wie Sam sich für die schwierige Strecke durchs Wasser entschied, bevor er wieder aus Kiris Blickfeld verschwand. Sie machte sich zum Ende des Parcours auf und kam in dem Moment an, als Sam durchs Ziel ritt und vom Pferd sprang.

»Bramble war genial!«

»Ich wusste, dass du es schaffst!« Kiri klopfte ihm auf den Rücken, während sie Bramble im Kreis führte. Sam nahm seinem Pferd den Sattel ab, und Viv besprühte seine dampfenden Flanken mit Wasser.

»Das war wirklich spitze!«, keuchte Sam, der immer noch außer Atem war.

Das ganze Team jubelte, als der Ansager verkündete, dass Sam als Erster fehlerfrei geritten war und keine Zeitstrafe erhielt. Viele Reiter scheiterten am Sarg, und Mrs Jackson entschied, dass von nun an die längere, aber leichtere Route geritten werden sollte. Zumindest bis drei weitere Reiter für den Südosten einen fehlerfreien Geländeritt hinlegten.

William und Kiri würden erst am späten Nachmittag reiten. Es wäre eine nervenaufreibende Warterei geworden, wenn sie nicht alle Hände voll damit zu tun gehabt hätte, den anderen zu helfen. Charlotte vermasselte den Wassergraben und weinte sich vor Enttäuschung die Augen aus, während Ellie und Danny beide fehlerfrei blieben, wenn auch mit schlechten Zeiten.

Kiri hörte, wie Sarah sich vor dem Start bei William beschwerte.

»Ich wollte eigentlich als Letzte reiten und die schwierige Route nehmen.«

»Das kannst du so oder so«, gab William zurück. »Vergiss doch einfach Mrs Jacksons Strategie.«

Und verdirb allen anderen ihre Chance, dachte Kiri, sagte aber nichts.

Sie ging zum Sarg, um zu sehen, wie Sarah das Hindernis nahm. Als sie bemerkte, wie schnell Sarah sich näherte, schnappte sie nach Luft. Sarah krachte in das erste Hindernis, ihr Pferd Blantyre überschlug sich, und Sarah stürzte in den Graben. Obwohl Kiri sofort zu Hilfe eilte, waren die Sanitäter noch vor ihr da. Nervös wartete Kiri. Ein paar Minuten später seufzte sie erleichtert auf, als Sarah wieder wacklig auf die Beine kam. Auch Blantyre war unverletzt.

Zurück am Stall, sagte Mrs Jackson nichts mehr zur Teamstrategie, aber das musste sie wohl auch nicht. Sarah hatte ihnen eine schmerzhafte Lektion erteilt, was passierte, wenn man den Rat von Experten in den Wind schoss. Für das Team sah es düster aus, bis Viv zwar mit Zeitstrafen, aber ohne einen Springfehler ins Ziel kam.

»Wir haben vier Teammitglieder ohne Fehler«, verkündete Mrs Jackson. »Das heißt, Kiri und William können nun selbst entscheiden, was für sie und ihre Pferde das Beste ist.«

Sam half Kiri dabei, Sunny fertig zu machen, legte ihm Gamaschen an und flocht seine Mähne, damit sie Kiri nicht ins Gesicht flog. Zitternd zog Kiri sich die Stiefel an, und als ihre Freunde und ihr Vater kamen, um ihr Glück zu wünschen, konnte sie sich kaum noch auf den Beinen halten.

Die Gefühle überrollten Kiri, als sie alle versammelt sah. Marina hatte Aggie, Roxana und Ben mitgebracht. Roxana schoss sofort auf sie zu und umarmte sie fest, während Ben um ihre Beine tänzelte. Ihr Vater war extra aus dem Norden hergefahren und hatte – große Überraschung – unterwegs Steph vom Flughafen abgeholt.

»Schätzchen«, rief Steph. »Als ich hörte, dass du bei der Meisterschaft reitest, musste ich unbedingt herkommen. Und ich habe dir etwas mitgebracht.« Sie überreichte Kiri ein Outfit für den Geländeritt – ein Sweatshirt, einen Rückenschützer und einen Helmüberzug, alles im gleichen Jadegrün.

Einen Augenblick verschlug es Kiri die Sprache. Dann schlang sie die Arme um Steph. »Vielen, vielen Dank. Das ist so nett …«

Steph erwiderte die Umarmung, und über ihre Schulter hinweg erkannte Kiri, dass ihr Vater lächelte.

»Komm schon, meine Kleine, willst du's nicht anprobieren?«, fragte er.

»Du siehst toll aus«, meinte Roxana kurz darauf. »Dieses Grün steht dir wirklich super.« Dann steckte sie Kiri einen silbernen Glücksbringer in Form eines Pferdekopfs in die Tasche. »Der ist von meiner Urgroßmutter, er wird dir helfen.« Sie beugte sich vor und flüsterte Kiri ins Ohr: »Ich glaube, sie hat Marcu in der Zukunft gesehen. Sie ist so dankbar, dass du unsere Familie da rausgehalten hast, dass sie tut, was sie kann, um dir Glück zu bringen.«

Bevor Kiri wusste, wie ihr geschah, stand sie schon am Start. Sunny spürte die Anspannung der Umstehenden und tänzelte aufgeregt im Kreis.

Er wollte los, und zwar JETZT. Wie der Wind fliegen. Galoppieren und springen. Er spürte, wie ihre Hände sanft auf den Zügeln lagen, und wusste, dass sie zusammen alles schaffen konnten.

»Hab Spaß!«, lächelte Jen.

»Nichts wie ran«, rief Sam ihr zu.

Und weg war sie.

Wie ein Eilzug stürmte Sunny über die ersten drei Hindernisse, und Kiri musste ihn für eine Hürde am Hang zurücknehmen. Dann kam die Buschkombination. Kiri trieb Sunny auf die scheinbar unüberwindbare Zwei-Meter-Barriere zu. Mit reiner Willenskraft überzeugte sie ihr Pferd, abzuheben, und mit einem gewaltigen Sprung überwanden sie das Hindernis. Hätte Kiri sich nicht in Sunnys Mähne festgekrallt, wäre sie aus dem Sattel geworfen worden. Sicher landete Sunny auf der anderen Seite und preschte die Steilhänge hinauf, jedes Hindernis nehmend, das ihm in die Quere kam.

Oben auf dem Hügel angekommen, erhaschte Kiri einen Blick auf das berühmte weiße Pferd von Uffington, das vor Urzeiten in den Kalkstein gemeißelt worden war.

»Das sind wir«, sagte sie zu Sunny. »Wie wir für immer zusammen galoppieren.«

Sie lenkte ihn den Hügel wieder hinunter, und obwohl er am Fuß buckelte, blieb sie fest im Sattel. Eine weitere Streckenmarkierung hinter sich lassend, überprüfte Kiri ihre Stoppuhr. Passte haargenau.

Kurz vor dem Sarg war es keine Frage mehr, welche Route sie wählen wollte. Pferd und Reiterin hatten Feuer gefangen. Sie würden alles schaffen. Kiri nahm die Zügel auf, bis Sunny stabil im Kanter blieb. So hatte er Zeit, sich auf die Hindernisse einzustellen. Geschickt wie eine Katze überwand er das erste, sprang über den Graben, und auch die letzte Hürde nahm er problemlos. Auf zum Wassergraben! Sunny spitzte die Ohren, als er über einen großen Stamm ins Wasser sprang. Noch ein Blick auf die Uhr. Kiri trieb ihn an, und Sunny antwortete mit aller Kraft, die er aufbieten konnte. Kiri hatte das Gefühl, von einem reißenden Lavastrom ins Ziel getragen zu werden.

»Gut gemacht!«, rief Jen, als Kiri Sunny zum Stehen brachte. Die Reiterin ließ die Zügel fallen und schlang ihre Arme um den schweißgebadeten Hals ihres Pferdes.

»Keine Zeitstrafe – Glückwunsch!«, meinte Sam anerkennend, als er auf seine Uhr sah. Er nahm Sunnys Zügel und blickte Kiri überrascht an. »Alles in Ordnung?«

Kiris Augen glitzerten, und sie wischte die Tränen weg. »Es ist nur … er war so wundervoll. Nicht wahr, Sunny?«

Am nächsten Tag rief Mrs Jackson das Team zusammen. »Ihr habt euch gut geschlagen«, erklärte sie ihnen. »Im Augenblick liegt unser Team auf Rang zwei. In der Einzelwertung ist Kiri nach einem beeindruckenden Geländeritt auf dem zweiten Platz, während Williams Dressurkünste ihm trotz einiger Zeitstrafen im Gelände den ersten Rang gesichert haben.«

Mrs Jackson beschwor sie, beim Springreiten einen kühlen Kopf zu bewahren. Die Führenden würden dabei als Letzte antreten. Für die Zuschauer war es so spannender, aber es setzte die Reiter auch unter enormen Druck. Als Kiri mitbekam, wie Williams Vater seinem Sohn zu verstehen gab, dass ihm sein Geld gestrichen würde, wenn er nicht gewann, übermannte sie die Liebe zu ihrem eigenen Vater.

»Hab Spaß«, hatte der gemeint. »Ich hoffe, dass du gewinnst, aber wenn nicht, spielt das keine Rolle. Nicht für mich. Du bist das Einzige, was wirklich zählt.«

Sam, der schon fehlerfrei gesprungen war, wünschte ihr Glück, bevor sie auf den Platz ritt. »Keine Sorge«, sagte er. »Wir stehen alle hinter dir.«

Aber Kiri machte sich Sorgen. Sie wusste genau, wie viel ihm und den anderen an einer Medaille lag. Nur, wenn sie und William sich gut schlugen, würde ihr Team auf dem zweiten Rang bleiben.

Als Kiri den Parcours betrat, wurde ihre Nervosität sogar noch schlimmer. Die Hoffnungen des Teams, Jens Ruf und Sunnys Zukunft lagen in ihrer Hand.

Kiri war klar: Wenn sie ihre Gefühle nicht ausschalten konnte, würde Sunny Amok laufen und alles zerlegen. Ihm zuliebe blendete sie die Menschenmenge aus und ritt, als wäre sie zu Hause. Unter ihr entspannte sich auch Sunny und richtete die Ohren auf, als die erste Reihe von Hindernissen nahte. Sie waren nicht zu verachten. Die ersten vier Hürden überwanden sie mühelos, dann überprüfte Kiri Sunnys Schrittlänge, bevor sie den Oxer in Angriff nahmen. Perfekt. Die Stangen klapperten, und Kiri vergaß zu atmen, als sie darauf wartete, dass sie zu Boden fielen. Das taten sie aber nicht. Eine Kurve, dahinter eine große Mauer und der letzte Abschnitt. Sunny flog über die Hindernisse und stieg vor dem letzten förmlich in die Luft. Der aufbrandende Applaus zeigte Kiri, dass sie es geschafft hatten. Zweimal fehlerfrei – im Geländeritt und im Springreiten!

Williams Auftritt konnte Kiri nicht mit ansehen. Sie würde niemandem je Pech wünschen, aber wenn er einen Fehler machte, würde Sunny gewinnen und sich eine goldene Zukunft verdienen. Und das war das Wichtigste auf der Welt. Obwohl sie sich die Ohren zuhielt, konnte sie das Aufatmen der Menge hören, wenn Stangen wackelten, aber nicht fielen. Und dann das Stöhnen, als William in die letzten zwei Hindernisse krachte.

Sam umarmte sie und rief: »Du hast gewonnen! Du bist der Champion!«

»Das ist der Champion«, meinte Kiri, küsste Sunny auf die Nase und tätschelte immer wieder seinen Hals.

Dann nahmen Jen und Viv sie in die Arme, und Mrs Jackson strahlte sie an. Auf der Haupttribüne entdeckte Kiri ihren Vater und Steph, Roxana und ihre Mutter und Aggie, die alle wie verrückt winkten und klatschten.

Das ganze Team kam auf den Platz, um die Silbermedaillen entgegenzunehmen. Dann kamen die Einzelkämpfer. Sam war begeistert über seinen siebten Platz. William war auf den vierten Platz zurückgefallen, also war Kiri das einzige Teammitglied, das eine Einzelmedaille erhielt.

Die goldene.

Als sie die Siegesrunde auf dem Platz drehte, kamen ihr die Tränen. Die Zuschauer glaubten vielleicht, es wären Freudentränen. Nur Kiri wusste, dass ihr gerade das Herz aus der Brust gerissen wurde, weil sie zum letzten Mal auf Sunny ritt.

Halb blind steuerte sie auf den Ausgang zu, da hielt ein Richter sie auf und schickte sie zurück zum Podest.

»Es wird gleich erklärt, warum.«

Verständnislos ritt sie zurück zum Siegerpodest, und ein weiterer Richter bat sie, dort zu warten.

Die donnernde Lautsprecherstimme füllte das Stadion: »Meine Damen und Herren, es folgt eine wichtige Bekanntmachung. Die meisten von Ihnen werden wissen, dass die große Derby-Hoffnung Foxfire, der vor einigen Monaten gestohlen wurde, den Weg zurück zu seinem Besitzer Lord Haverley gefunden hat. Was Sie nicht wissen, ist, dass dieses weltberühmte, unbezahlbare Rennpferd von niemand anderem als Kiri McFarlane gerettet wurde, die vor wenigen Minuten U-18-Landesmeisterin geworden ist. Lord Haverley ist heute anwesend und möchte Kiri öffentlich die Belohnung, die er für Foxfires Entdeckung ausgeschrieben hat, überreichen.«

Kiri schnappte nach Luft, als Lord Haverley vor das Mikrofon trat. »Kiri McFarlane zeigte heute denselben Mut und Kampfgeist, der sie auch befähigt hat, mein viel geliebtes Rennpferd Foxfire zu retten. Ich bitte um einen großen Applaus, während ich ihr als Anerkennung für ihre Tapferkeit einen Scheck überreiche.«

Die Menge tobte, ein Blitzlichtgewitter zog über Kiri hinweg, und Fernsehkameras zoomten ihr überwältigtes Gesicht heran. Die Belohnung war großzügig – großzügig genug, um Sunny zu kaufen und zurück auf die Walland Farm zu bringen!

Ein Dankeschön stammelnd drückte Kiri den Scheck an die Brust und lehnte sich nach vorn, um Sunny zu umarmen. Er schüttelte den Kopf und schnaubte, als wollte er sagen: »Ich habe dir doch gesagt, wir schaffen das!«

»Noch eine Siegerrunde?«, schlug Lord Haverley vor.

Kiri ergriff die Zügel und galoppierte über den Platz. Der Beifall tobte, aber Kiri hatte das Gefühl, sie und Sunny wären allein in einer Seifenblase aus Glück. Ihr Herz sang, und Tränen strömten über ihre Wangen. Sunny, das Pferd, das sie so sehr liebte, das Pferd, das sie fast verloren hätte, würde für immer ihr gehören.

Sunny kam nach Hause.

Zufrieden zupfte Sunny das kräuterreiche Gras der Walland Farm. Zwar hatte es nicht den saftigen Geschmack des Frühlings, aber das Septembergras hatte auch etwas für sich. Vielleicht war es das Salz, das die Sturmwinde über die Dünen trugen oder die Gesellschaft des alten Ponys an seiner Seite. Egal, was es war, Sunny war froh, daheim zu sein. Er zuckte mit dem Schweif und schnaubte. Kam sie heute später mit dem Abendessen? Nein. Da war sie schon, sie lief mit dem Hund über die Wiesen, und ein Eimer voll Futter schwang in ihrer Hand. Sobald sie über die Trittstufe am Zaun gestiegen war, wieherte er, um ihr zu zeigen, wie sehr er sich über sie und das Futter freute. Sie kraulte ihn an dieser besonderen Stelle hinter dem Ohr, während er das Kraftfutter verputzte. Und als er fertig war, rieb er den Kopf an ihrer Schulter. So schön es zu Hause auch war, er hoffte, sie würde bald wieder mit ihm bei einem Wettkampf antreten. Er erinnerte sich an das Feuer in seinen Adern, als er durch das Gelände galoppiert war. Davon bekamen sie beide nie genug.

ili und die Stadtpiraten * Die Elfkönigin * Die Jungen von Burg Schreckenstein * Die Monster-Uni * Die Pon

r von Rosenheim * Die sagenhaften Göttergirls * Die vier Sommersprossen * Die Welt der 1000 Abenteuer

www.schneiderbuch.de

* Die vier Sommersprossen *

ies * Drachenherz * Ein Fall für

Zauberinsel * Flöhe * Fuzzi, Coco und Co * Geheimer Start mit „Monitor" * Gespenst ahoi! * Grusel-Club

Andrea Pabel

Reiten mit dem Wind

Ein Wildpferd für Johanna

Das Gefühl von Freiheit

Bevor Johannas Familie nach New Mexico gezogen ist, hat ihr Vater ihr ein eigenes Pferd versprochen. Er hat sogar schon einen bestimmten Hengst für sie im Auge. Doch während einer Wanderung in den Bergen stößt Johanna auf eine Herde Wildpferde. Eines der Wildpferde löst sich aus der Herde und stürmt direkt auf sie zu. Eine stolze Stute mit edlem Kopf und feurigen Augen. Johanna spürt sofort, dass sie und dieses Pferd zusammengehören! Das ist der Beginn einer außergewöhnlichen Freundschaft und eine berührende Geschichte über Mut, Vertrauen und bedingungslose Liebe.

Ein Buch über Freiheit, Freundschaft und innige Pferdeliebe!

192 Seiten, broschiert mit Klappe
€ 9,99 [D]
ISBN 978-3-505-13643-6

www.schneiderbuch.de

Schneiderbuch
EGMONT

Katy Birchall

Plötzlich It-Girl

Wie ich aus Versehen das coolste Mädchen der Schule wurde

Plötzlich berühmt

Seit sich ihr Dad mit der berühmten Schauspielerin Helena Montaine verlobt hat, steht das Leben der vierzehnjährigen Anna Huntley Kopf. Überall lauern Paparazzi, und was ihr vollkommen schleierhaft ist: Ausgerechnet SIE, das uncoolste Mädchen an ihrer Schule, ist jetzt auf einmal DAS neue It-Girl?! Total verrückt, oder?

Urkomisch, tollpatschig und liebenswert!

320 Seiten, broschiert mit Klappe
€ 12,99 [D]
ISBN 978-3-505-13701-3

SCHNEIDERBUCH · SCHNEIDERBUCH